Die Covet Ranch

Mariella Bach

„Es gibt Menschen, da ahnt man gar nicht, wie tief sie einmal in deinem Herzen sitzen werden!"

Bibliografische Information der Deutschen Nationalbibliothek:
Die Deutsche Nationalbibliothek verzeichnet diese Publikation
in der Deutschen Nationalbibliografie, detaillierte bibliografische
Daten sind im Internet über dnb.dnb.de abrufbar.

TWENTYSIX
Eine Marke der Books on Demand GmbH

© 2021 Bach, Mariella

Herstellung und Verlag:
BoD – Books on Demand, Norderstedt

ISBN: 978-3-74077-245-1

Teil 1
SONNENAUFGANG

*** ***

Sie hasste Regen und heute, hatte dieser ganze Arbeit geleistet. Bei jedem Schritt spritzte das Wasser an ihren Beinen hoch und die Haare hingen, wie zu lange gekochte Spagetti, an ihrem Kopf. Sie fühlte sich aufgeweicht und die Feuchtigkeit zog ihr in die Knochen und ließ sie frösteln. Endlich hatte sie das Restaurant erreicht, in dem Alenia kellnerte. Nea ließ den Blick durch den Gastraum schweifen, zog sich die Kapuze vom Kopf und wischte sich die nassen Haare aus dem Gesicht. Da entdeckte sie ihre Schwester, die lachend an einem Tisch stand und mit den Gästen plauderte. Von der Luft im Raum wurde es Nea beinahe übel. Es roch nach Alkohol, nassen Klamotten, Schweiß, verschiedenen Parfums, Deos und Aftershaves. Mühsam schluckte sie, kämpfte sich weiter Richtung Bar und schob sich auf einen freien Platz. „Hi, Nea!", begrüßte sie Nick, der gut gelaunt die Cocktails mischte. „Hi, Nick. Muss Alenia heute länger arbeiten?" „Sie müsste jeden Moment fertig sein. Möchtest du etwas trinken?" „Ich sollte erst einmal etwas essen! Bestellst du mir einen Cheeseburger und eine Cola, bitte." „Kommt sofort!" Dankbar lächelte sie Nick an und schlüpfte mit klammen Fingern aus der durchnässten Jacke. „Na, flirtest du schon wieder mit dem Barkeeper!" Alenia knuffte sie in die Seite und Nea entfuhr ein leises Quieken. Ihr Gesicht färbte sich beschämt rot. „Leni-i!", raunte sie ihre Zwillingsschwester an, die sich wenig beeindruckt davon, auf den Hocker neben Nea setzte. „Nick, gibst du mir ein Glas Weißwein, bitte!"

„Hast du etwas zu Abend gegessen?" „Ja-a!", verdrehte Alenia die Augen. Nick reichte Nea ihren Burger und stellte das Weinglas vor Alenia: „Sie hat wirklich schon gegessen!" Er zwinkerte und widmete seine Aufmerksamkeit den neuen Bestellungen. „Der steht voll auf dich!", kicherte Alenia. „Wieso geht ihr nicht mal aus? Ist doch ein Hübscher!" Nea schnaubte und sah ihre Schwester genervt an: „Geh´ halt du!" „Hab´ ich doch schon versucht, hat aber nicht funktioniert." „Wie?" „Ja, als ich hier zum Kellnern anfing waren wir mal aus, aber mehr auch nicht." „Das wusste ich gar nicht." Alenia griff nach einer Pommes auf dem Teller ihrer Schwester, zuckte nur mit den Schultern und damit war für sie das Thema erledigt.

„So und wer spendiert meiner Schwester und mir nun den nächsten Drink? Du siehst ja, sie hatte einen Scheißtag!", offenbarte sie dem Typ, der neben ihr an die Bar trat. „Ja, danke!", schnaubte Nea wütend. Sie liebte Alenia, aber manchmal war ihr ihre Art einfach zu viel. Doch ihre Masche zog bei den Männern und deshalb schob ihr Leni kurz darauf ein Martiniglas zu. „Prost, Schwesterchen!" „Du wurdescht a-adoptiert, oder?", lallte Nea der Typ ins Ohr. Zwar mit vom Alkohol schwerer Zunge, aber immer noch so ernsthaft, dass sie ihm beinahe eine Ohrfeige verpasst hätte. Als sie ihn ignorierte, schwankte er zurück zu seinen Freunden. „Was haben wir eigentlich für ein Einschreiben bekommen? Warst du auf der Post?", nuschelte Alenia mit vollem Mund und bediente sich weiter an Neas Abendessen. „Ja, war ich. Ein Aufwand! Die haben eine Kopie der Sterbeurkunde gemacht und meines Ausweises, bis sie den

Brief aushändigten. Der Absender ist irgendwo aus den USA. Ich habe keine Ahnung, in welchem Zusammenhang Mama und der Brief stehen." „Was steht denn drin?" „Weiß ich noch nicht. Ich wollte mit dem Öffnen auf dich warten." „Dann gib her!", befahl Alenia, während sie sich ihre fettigen Pommes-Finger, an ihrer Jeans, abwischte. „Wir sollten damit bis Zuhause warten. Ich habe das Gefühl, der Brief ist wichtig!"

*** ***

Alenia goss das sprudelnde Wasser aus dem Kocher in die Teekanne und als dies auf die Kräuter im Filter traf, färbte sich die Flüssigkeit erdbeerrot. Nea hielt zwei graue Tassen in der Hand und starrte auf das Getränk. Es war eine unerträgliche Ruhe. Nea biss nervös auf ihrer Unterlippe herum. Das Ticken der bunten Küchenuhr zerbarst die Stille. Alenia fuhr sich durch ihre dunkelbraunen Haare, die glänzend und voll ihr Gesicht umspielten. Mit einem Mal schlug sie mit der Faust auf die Arbeitsfläche, so dass ihre Schwester erschrocken zusammenzuckte und der Tee aufgeregt in der Kanne schwappte. „Ich bin so sauer auf Mama und ich habe so viele Fragen ... aaahhh!" Wieder knallte ihre Faust auf die Fläche. „Wenn sie uns nie etwas davon erzählt hat, dann wird es einen Grund geben!" Zornig funkelte Alenia Nea an: „Damit, ist es für dich also getan, Nea? Mama hat uns belogen, in Bezug auf unseren Vater, uns eiskalt im Dunkeln tappen lassen und dann ...", sie stürmte ins Wohnzimmer, griff sich den Brief, der aus den USA eintraf, trampelte in die Küche zurück und warf Nea das Schreiben vor die Nase: „... und dann kommt dieser Scheiß und unser ganzes bisheriges Leben zerplatzt wie eine Seifenblase! Und du bleibst die Ruhe selbst!" „Das habe ich nicht gesagt und ich bin auch nicht die Ruhe selbst. Ich bin entsetzt, weil uns Mama immer erzählt hat, wir wären das Ergebnis einer künstlichen Befruchtung." „Ja! Und jetzt kommt dieser Wisch aus ... Phoenix, Arizona, von irgendeinem dahergelaufenen Notar."

`*Sehr geehrte Mrs. Bruch,*
es tut uns leid, Ihnen mitteilen zu müssen, dass Mr. Michael Covet am 10. März 2019 verstarb. Wir bitten Sie, zur Regelung der Testamentsvollstreckung, in dem Sie und Ihre gemeinsamen Töchter bedacht wurden, sich mit unserer Kanzlei, in Verbindung zu setzen.´

„Ich könnte kotzen!" Nea goss vorsichtig den Früchtetee in die Tassen, reichte Alenia eine davon, nahm ihre Tasse in die Hand, pustete in das heiße Getränk, lehnte sich an die dunkle Arbeitsfläche und sah ihre Schwester verzweifelt an. „Leni, ich weiß doch auch nicht warum. Ich finde es unendlich traurig, dass wir nie wieder die Möglichkeit haben werden, mit unseren Eltern, ein klärendes Gespräch zu führen." Tränen füllten ihre sanften, blauen Augen. „Ich bin traurig, dass wir nie den Klang der Stimme unseres Vaters kennen werden. Wie er unsere Namen ausgesprochen hätte, welche Eigenschaften wir von ihm haben..." Sie wischte sich mit dem Ärmel rasch über die Augen und trank einen Schluck Tee. Alenia ließ den Kopf hängen, schob ihre Tasse auf der Arbeitsfläche von einer Hand in die andere, ehe sie sich zu ihrer Schwester drehte und ihr eine Strähne, des honigblonden, langen Haares, aus dem Gesicht wischte. „Tut mir leid, ich bin ein Biest. Du weißt, aus mir platzt das Alles so heraus. Ich bin nicht so besonnen wie du. Für mich ist das Alles hier ein riesiges Rätsel, das, je länger ich darüber nachdenke, immer riesiger wird. Ich möchte Mama fragen – warum? Warum hat sie uns nichts über diesen

Michael Covet erzählt? Warum kommt das jetzt erst heraus, wo Mama tot ist?" „Vielleicht weiß der Notar mehr, oder es gibt in Phoenix jemanden, der uns etwas darüber erzählen kann. Vielleicht haben wir noch Halbgeschwister, oder sogar noch mehr Familie?!" „Wenn der Mann, der anscheinend unser Vater war, sich über 25 Jahre nicht gemeldet hat, dann solltest du dich von dieser träumerischen Vorstellung, plötzlich eine heile Familie zu bekommen, ganz schnell verabschieden!" „Aber vielleicht ..." „Nea, lass den Scheiß. Du, als Biochemikerin, solltest das viel abgebrühter sehen und schon mal die Teststreifen für die DNA-Analyse auspacken!" Das saß. „Leni, du bist fies. Ich mache mir ebenso Gedanken wie du!" Trotzig verschränkte Nea ihre Arme vor der Brust und schmollte. „Wir müssen den Notar anrufen, um mehr zu erfahren. Es bringt nichts, wenn wir hier Vermutungen anstellen, oder ´was-wäre-wenn` spielen."

*** ***

Molly Bennett kratzte die Essensreste von den Tellern und räumte diese in die Spülmaschine. Sie sinnierte über den vergangenen Tag, die Trauerfeier und wie nun alles weitergehen sollte. Molly erschrak, als Alexander klirrend Gläser auf die Ablage stellte. Ihre Hände zitterten und sie sah Alex mit weit aufgerissenen Augen an. „Ich wollte dich nicht erschrecken, Molly. Es tut mir leid." „Unter normalen Umständen wäre ich wohl auch nicht erschrocken, aber im Moment bin ich etwas zart besaitet." Molly warf das Tuch auf die Kücheninsel und rieb sich müde über die Augen. „Ich komme nicht damit klar, dass Michael nicht mehr da ist. Ich höre ständig seine Schritte, seine Stimme und muss erkennen, dass mir mein Gehirn etwas vorgaukelt." Tränen rannen Molly über die Wangen und Alex schloss sie tröstend in seine Arme. Dieser Anblick, Mollys Schwäche, war absolut befremdlich. Sie hatte hier alles im Griff. Sie wusste immer, was auf der Ranch zu tun war. Für Molly gab es kein ´unmöglich`. Doch in den letzten Wochen kam Molly Bennett an ihre nervliche Grenze, denn Krankheit und Tod war etwas, was auch sie nicht verhindern konnte. „Mich plagt das schlechte Gewissen, weil ich Michael nicht mehr danken konnte, für alles, was er für mich getan hat, was er mir alles ermöglicht hat ..." Alexanders Stimme brach und er weinte aus Trauer um seinen Ziehvater. Molly löste sich aus seiner Umarmung, nahm sein Gesicht, in die von harter Arbeit gezeichneten Hände und sah Alex aus ihren klugen, braunen Augen an. „Oh, Alex! Michael und ich sind stolz auf dich! Mach dir, bitte, keine Vorwürfe, dass du nicht rechtzeitig hier warst. Du bist doch sofort hergeflogen, als ich dich angerufen habe. Keiner von uns konnte ahnen, dass Michael so schnell stirbt." Alexander wischte sich die Tränen energisch aus den Augen und atmete kräftig durch. „Ich dachte, mein Beruf stumpft mich ab, oder der Umgang mit dem Tod lässt sich leichter ertragen. Aber, wenn es die eigene Familie, oder das direkte Umfeld betrifft, ist der Schmerz trotzdem unerträglich." „Du bist ein toller Arzt und wirst nie kalt und unnahbar deinem Job nachgehen, dafür ist dein Herz viel zu groß. Und das ist gut so!", lächelte Molly liebevoll, strich ihm noch einmal sanft über die Wange und machte sich wieder daran, die Küche aufzuräumen. „Es tat gut, all die vertrauten Gesichter heute hier zu sehen, die es sich nicht nehmen ließen, sich von Michael zu verabschieden." „Ja, er hätte es genossen und er hätte allen stolz erzählt, dass du das letzte Jahr bei `Ärzte ohne Grenzen´ tätig warst." „Ja, und ich hätte mich beschämt bedankt, dass er mir diese Erfahrung ermöglicht hat. Diese Selbstlosigkeit, mit der ihr euch mir angenommen habt, nachdem meine Eltern verstorben sind!" Alex setzte sich auf einen Hocker am Frühstückstresen, griff nach einem Donut auf einer Kuchenplatte, brach ihn in zwei Hälften und schob sich ein Stück davon in den Mund. Molly sah ihm zu, während sie ein Glas trockenrieb. „Ich kann mich kaum an meine Eltern erinnern. Ich höre aber immer noch ganz deutlich das Prasseln des lodernden Feuers, das unsere Ranch zerstörte. Ich sehe die bedrohlichen, hohen Flammen und spüre die enorme Hitze, als mich Michael aus dem

Haus rettete. Und – ich kann mich an deine Umarmung erinnern, die mich auffing, als alles sinnlos schien." Molly stellte das Glas ab und starrte gedankenverloren in den Raum. „Es war eine furchtbare Nacht. Von einer Sekunde auf die andere, veränderte sich alles. Die Schreie der Tiere, die qualvoll im Stall verbrannten, das Tosen der Flammen und die schreckliche Tatsache, dass deine Eltern den Flammen nicht entkamen. Nie wieder möchte ich dies erleben! Nie wieder!" „Für euch war es keine Frage, dass ich bei euch aufwachse? Warum habt ihr mich nicht adoptiert?" Molly Bennett war diese Frage sichtlich unangenehm. Sie putzte unsichtbare Flecken von der Rücheninsel, ehe sie sich neben Alexander auf einen Hocker schob. „Wir wollten, dass du deinen Familiennamen behältst!", sie räusperte sich. „Deine Eltern waren tolle Freunde und wundervolle Menschen. Wir wollten ihnen damit Ehre erweisen!" Molly wich Alex´ Blick aus, der sie aus seinen graublauen Augen durchdringend und forschend ansah. „Michael und du, ihr habt nie geheiratet. Wart ihr nicht verliebt?" Röte stieg in Mollys Gesicht. „Alexander Christopher Warren, das ist jetzt aber sehr persönlich. Das hat mit allem hier gar nichts zu tun!" Hektisch glitt Molly vom Stuhl, schritt an die Spüle und drehte Alexander den Rücken zu, so dass er ihr Gesicht nicht sehen konnte. Doch Alex war hartnäckig! Er stand ebenfalls auf und stellte sich neben Molly. Der schwarze Stoff des Hemdes spannte über seinem schlanken, sportlichen Oberkörper, als er sich auf die Arbeitsfläche stützte und Molly von der Seite durchdringend taxierte. „Molly-y?" „Was möchtest du denn hören?" Sie knallte den

Spüllappen in das Becken, so dass Wasser in alle Richtungen spritzte. „Ich habe nur eine berechtigte Frage gestellt, die mich schon länger beschäftigt." Molly seufzte verdrossen und blitzte Alex mit funkelnden Augen an. „Du lässt dich nicht abwimmeln, oder? Also gut. Ja, ich hatte Gefühle für Michael, aber er erwiderte diese nicht. Unsere Beziehung war nur rein platonisch. Ihm wurde vor langer Zeit das Herz gebrochen, von einer deutschen Frau und er kam nie darüber hinweg. Damit wollen wir es auch belassen. Ende!"

*** ***

Das Telefonat mit dem Notar, Mathew Hawkins, verlief angenehm, aber für beide Seiten überraschend. So erfuhr der Notar, dass Anna Bruch, ihrerseits Mutter von Nea und Alenia, im September 2018 an Krebs verstorben war und die Geschwister brachten in Erfahrung, dass Michael Covet, seines Zeichens wohl ihr Vater, sich im März von einem schweren Schlaganfall nicht erholte. „Am einfachsten ist es, die Regelung der Erbangelegenheit, hier vor Ort, zu klären, bzw. sich erst einmal, mit den neuen Gegebenheiten ´anzufreunden`. Daher möchte ich sie bitten, sich ein paar Tage freizunehmen und nach Phoenix zu fliegen. Mir ist bewusst, dass es für sie ein Schock ist, sich mit dieser Situation konfrontiert zu sehen. Vielleicht ist es aber auch eine enorme Chance, offene Fragen zu klären, oder das Leben, ganz neu zu ordnen. Ich helfe ihnen gerne bei der Reiseorganisation, bezüglich Unterkunft, etc." „Mr. Hawkins, sie werden verstehen, dass wir Bedenkzeit benötigen. Wir wissen auch, dass es ihre Aufgabe ist, die Testamentsvollstreckung und den Willen Mr. Covets, zu erfüllen, aber wir benötigen Zeit! Ich schlage vor, wir telefonieren in drei Tagen erneut und können dann Näheres besprechen." „Selbstverständlich gewähre ich ihnen diese Bedenkzeit, Miss Bruch. Vielen Dank, dass sie sich so zügig auf mein Schreiben gemeldet haben. Auf Wiederhören!" „Auf Wiederhören, Mr. Hawkins." Nea legte das Telefon beiseite und blickte Alenia überfordert und gleichzeitig überwältigt an.

*** ***

Mathew Hawkins fuhr angespannt über den langen Highway und nahm die Abzweigung zur Covet Ranch. Die Camelback Mountains ragten massiv und majestätisch in den Himmel, die Pferde grasten friedlich auf ihren Koppeln, während junge Kälber übermütig über die Weide tobten. Cookie, der schwarze Schäferhund, döste gemütlich auf der großen Veranda und hob schläfrig seinen Kopf, als das Auto des Notars vor dem Ranch-Haus hielt. Für Mathew war die Ranch ein zweites Zuhause. Wie oft hatte er hier bei seinem besten Freund, Alexander, übernachtet, Marshmallows über dem Lagerfeuer gegrillt und sich von Michael Gruselgeschichten erzählen lassen. Wie schnell war diese unbeschwerte Kindheit vergangen und heute kam er in seiner offiziellen Funktion, als Notar. Wie Molly, aber vor allem Alexander auf die Neuigkeit reagieren würde?

Als Michael Covet Mathew vor einiger Zeit gebeten hatte, den Brief zu verwahren und ihn als Testamentsvollstrecker einsetzte, fühlte Mathew, dass dahinter mehr steckte, als die Aufteilung von Wertsachen. Michael hatte spontan einen Termin in der Kanzlei vereinbart und er wirkte fahrig, erschüttert, ja gar nicht wie er selbst, als er in Mats Büro saß. Doch, dass er so zügig diese Handlung ausführen musste, damit hatte der junge Notar nicht gerechnet.

Für Mathew hatte die Angelegenheit einen bitteren Beigeschmack, als Freund der Familie, diese überraschende Neuigkeit, überbringen zu müssen.

Molly Bennett hatte ein Auto auf den Kieseln vor dem Haus vorfahren gehört, öffnete die Tür zur Veranda und erkannte Mathew Hawkins Fahrzeug. Sie kannte den Jungen seit seiner Geburt und fand es daher merkwürdig, als er ihr formell gekleidet und mit ernster Miene gegenübertrat. Er lächelte und küsste sie auf die Wange: „Hi, Molly. Wie geht es dir?" „Hallo, Matty. Es muss, es bleibt uns ja nichts Anderes übrig.", sagte sie traurig. „Komm, wir setzen uns in den Schatten auf die Veranda. Möchtest du eine Limonade?" „Ist Alex nicht zu Hause, Molly?" „Er ist bei den Pferden, müsste aber jeden Moment hier sein. Du siehst so ernst aus, Mathew." Der Notar lächelte gequält: „Deine Limonade ist mir die liebste, das weißt du doch. Wir sollten aber besser ins Haus gehen, wenn Alex kommt. Ich habe mit euch etwas zu besprechen." Wie aufs Stichwort, bog Alexander um die Hausecke. Sein brauner Cowboyhut war mit rotem Sand beschmutzt, davon war auch sein Gesicht betroffen, sowie seine hellblaue Jeans und seine dunklen Boots. Alex fluchte leise vor sich hin und klopfte sich den Staub aus der Kleidung. „Matty, alter Paragraphenreiter!" „Wenn ich dich so sehe, dann bleibe ich auch lieber bei meinen Paragraphen. Dich hat es wohl aus dem Sattel gehoben! Nichts mehr gewohnt, was?" Die jungen Männer klopften sich freundschaftlich auf die Schulter und lachten. „Goblin, der alte Sturschädel, wollte nicht durchs Gattertor und blieb aus vollem Galopp einfach stehen. Damit hatte ich natürlich nicht gerechnet und habe mir den roten Sand aus der Nähe angesehen." „Na, kommt Jungs, lasst uns ins Haus gehen. Matty möchte mit uns etwas besprechen."

*** ***

„Verlieren wir nun die Ranch?" Aufgebracht schritt Alexander durchs Zimmer, fuhr sich durch seine braunen Haare und sah von Molly zu Mathew. „Das sagt doch niemand, Alex. Die beiden Mädchen waren ebenso überrascht wie ihr, oder besser gesagt wie wir alle. Michael hatte erst vor ein paar Wochen verfügt, dass seine ´deutsche Familie` mit im Testament berücksichtigt wird. Bis zu diesem Zeitpunkt wusste anscheinend niemand von der Existenz dieser Menschen." „Das ist nicht richtig.", ruhig und gefasst strich Molly den Tischläufer auf dem massiven Holztisch glatt. „Ich wusste von Anna Bruch und auch die Covets wussten von ihr. Nur von den Zwillingen hatte ich keine Ahnung und ich kann euch nicht sagen, in wie weit die Covets davon Kenntnis hatten." „Anna Bruch ist also DIE deutsche Frau, die Michael das Herz gebrochen hat? Von der er NIE etwas erwähnt hat, die aber nun Ansprüche für ihre Gören geltend macht." „Alexander Christopher Warren, jetzt ist aber mal Schluss!", zornig erhob sich Molly vom Tisch und ihre Augen blitzten wütend, als sie in großen Schritten auf Alex zusteuerte. „Wenn ich dich noch einmal so respektlos sprechen höre, dann bekommst du von mir eins hinter die Ohren. Oder denkst du, dafür bist du mir zu groß?" Wütend packte sie Alex am Arm. „Anna Bruch war für Michael die Liebe seines Lebens. Diese Frau verdient deinen Respekt und auch ihre Kinder. Mathew hat nicht gesagt, dass die Bruchs etwas einfordern. Es war Michaels Wunsch, dass seine Töchter und Anna bedacht werden."

Mathew Hawkins räusperte sich unsicher: „Anna Bruch verstarb letzten September. Es gibt nur noch die beiden Töchter." Molly sah den Notar entsetzt an. „Dann haben die Mädchen in kurzer Zeit Mutter und Vater verloren und das, ohne von der Existenz, ihres Vaters zu wissen!" Sie schlug Alex mit der flachen Hand auf die Brust. „Dann hast du noch weniger das Recht, über Anna und die Kinder zu richten. Schäm dich!" „Au, Molly. Das tat weh! Das wusste ich doch nicht." Alexander rieb sich über die Stelle, auf der ihn Mollys Hand traf. „Aber, was bedeutet das exakt für uns? Für Molly? Für mich? Die Ranch?" Fragend blickte Alexander seinen Freund an. Der Notar streckte seine langen Beine unter dem Esstisch aus, trank einen Schluck der kalten, erfrischenden Limonade und stellte sein Glas vorsichtig zurück auf den Tisch. „Alex, das kann ich dir auch nicht beantworten. Das liegt nicht in meiner Entscheidungsgewalt. Eure Zukunft liegt in euren Händen. Das müsst ihr mit Michaels Töchtern und den Covets klären." Molly setzte sich zurück an den Tisch und an ihren zusammengezogenen Augenbrauen sah man, dass ihr Gehirn auf Hochtouren arbeitete. „Aber wie und vor allem wo, soll das geschehen? Wissen die Covets schon Bescheid?" „Ich habe morgen einen Termin mit Barbara Covet und hoffe natürlich, in Michaels Namen, dass es trotz der Differenzen, eine wohlgesinnte Reaktion auf die Neuigkeit gibt." Molly blickte aus dem Fenster und strich sich eine graue Strähne aus dem Gesicht. „Barbara Covet ist keine angenehme Frau und auch Michaels Bruder ist kalt wie eine Hundeschnauze. Ich kann mir definitiv etwas Schöneres vorstellen, als mich mit den Covets auseinanderzusetzen. Bleibt zu hoffen, dass Michaels Töchter nicht allzu viele Eigenschaften von dieser Seite der Familie mitbekommen haben." „Das werdet ihr bald herausfinden." Mathew grinste verlegen und kratzte sich hinter dem Ohr. „Um genau zu sein, schon am Wochenende!" Alex stützte sich auf den Tisch und sah Mathew irritiert an. „Alenia und Nea Bruch kommen Samstag in Phoenix an und bleiben ein paar Tage, um die Formalitäten zu regeln und natürlich auch, um ´ihre` Familie kennenzulernen."

*** ***

Ihre blauen Koffer verschwanden auf dem Rollband des Nürnberger Flughafens. Alenia und Nea sahen zu, wie die Abtrennung, zum Gepäckbereich, die Koffer verschluckte. Schon einige Male ging es von hier aus in den Urlaub, doch diese Reise fand unter völlig anderen Voraussetzungen statt. Die Vorbereitungen waren nicht fröhlich und unbeschwert, aber deswegen auch nicht weniger aufregend. Die Anspannung war spürbar und erdrückend. Die vergangenen Nächte hatten die jungen Frauen schlecht und kaum geschlafen. Dies forderte ihren Tribut. Nachdem sie in Zürich den Flieger wechselten, um den Langstreckenflug über den Atlantik anzutreten, dauerte es nicht lange und das monotone Brummen der Triebwerke wirkte einschläfernd. Erst wenige Stunden vor der Landung in den USA wurden sie wieder wach.

Alenia beäugte Nea mit Besorgnis, denn auch wenn ihre Schwester von Haus aus ein ruhiger Mensch war, war sie die letzten Tage nur ein Schatten ihrer selbst. Sie aß kaum und zog sich in ihr seelisches Schneckenhaus zurück. Die Fragen, die beiden auf der Seele brannten, waren omnipräsent und qualvoll. Leni und Nea hofften, dass die Reise Klarheit und Antworten brachte. Alenia griff nach der Hand ihrer Schwester und Nea lächelte müde. „Ich hoffe, Mr. Hawkins vergisst uns nicht abzuholen." Alenia zuckte gleichgültig mit den Schultern: „Und wenn, dann nehmen wir uns ein Taxi."

*** ***

Mathew Hawkins war trotz seiner notariellen, eigentlich neutralen Rolle, die er im Covet Erbe zu übernehmen hatte, mehr mit Kopf und Herz dabei, als er zugab. Er konnte die langjährige Freundschaft zu Alexander nicht auslöschen und auch die Verbundenheit zu Molly und Michael war tief verwurzelt.

Das Gespräch mit Michaels Mutter und Bruder gestaltete sich seltsam. Mathew wusste nicht, ob es je zu einer Einigung, oder gar Versöhnung der Parteien kommen würde. All diese Gedanken arbeiteten in ihm, als er mit langen Schritten aus dem Parkhaus des Sky Harbor Airport trat. Mat blickte nervös auf seine schlichte, silberbraune Armbanduhr und stellte erleichtert fest, dass noch genügend Zeit blieb, bevor der Flieger der Bruch-Zwillinge in Phoenix eintraf.

Er hatte sich gegen den steifen Anzug entschieden und war in eine legere, dunkelblaue Stoffhose und weißes Poloshirt geschlüpft, um die Geschwister nicht, durch sein spießiges Auftreten, einzuschüchtern. Das Stimmengewirr der Menschen, die in der Ankunftshalle herumstanden, hektisch umherliefen, oder sich begrüßten, schlug ihm sofort entgegen, als er das Gebäude betrat. Mat platzierte sich dicht an den Sperrbereich, der die Flugankömmlinge von der Ankunftshalle trennte. Er besah sich das Schild, mit den Namen der Schwestern, welches er sicherheitshalber angefertigt hatte. Jetzt hieß es warten!

*** ***

Müde zog Nea ihren blauen Koffer hinter sich her und auch Alenia steckte der lange Flug in den Gliedern. Es war 19.30 Uhr Ortszeit, also nach deutscher Zeit schon 03.30 Uhr am nächsten Morgen. Erschöpft schlurften sie Richtung Wartehalle und betraten unsicher das fremde Terrain. Alenia entdeckte einen jungen, blonden Mann, der in der Hand ein Schild hielt, auf welchem ihre Namen zu lesen waren. „Ist das der Notar?" „Sieht ziemlich jung aus.", sagte Nea überrascht. Der Mann ließ seinen Blick über die Ankömmlinge schweifen, aber auf die Geschwister achtete er nicht. Erst als Alenia ihn ansprach: „Mr. Hawkins? Wir sind Nea und Alenia Bruch." „Hallo! Ja, ich bin Mathew Hawkins." Er reichte ihnen die Hand und erkundigte sich: „Hatten sie einen angenehmen Flug?" „Der Flug war schrecklich lang, aber ohne Zwischenfälle." „Darf ich ihnen ihr Gepäck abnehmen und sie zum Auto bringen. Auch wenn es hier noch früher Abend ist, denke ich, dass sie nach der langen Reise gleich ins Hotel möchten. Nicht wahr?" Mathew Hawkins lächelte und dieses Lächeln war ehrlich und nahm den Schwestern die anfängliche Nervosität und Anspannung.

*** ***

Sie bogen auf eine der mehrspurigen Straßen außerhalb des Flughafen Geländes. Alenia, die auf dem Beifahrersitz platzgenommen hatte, unterhielt sich mit dem Notar. Nea saß auf dem Rücksitz und folgte dem Gespräch eher passiv. Ihre Aufmerksamkeit wurde zu sehr von all den neuen Eindrücken in Anspruch genommen und sie wusste gar nicht, wo sie zuerst hinsehen sollte.
„Wir fahren jetzt ca. 15 Minuten Richtung Norden, in das sogenannte Paradise Valley. Dort befindet sich ihr Hotel, welches ihnen hoffentlich zusagt." „Paradise Valley! Das klingt hübsch!", freute sich Alenia. Mathew strahlte: „Das klingt nicht nur so!" „Hast du gehört, Nea?" „Mhm."

Die Sonne sank langsam hinter die Berge und tauchte die Umgebung in ein warmes Licht, als sie auf den Parkplatz des Hotels einbogen.
Alenia und Mat hoben die Koffer aus dem Wagen, während Nea ihr Gesicht gedankenverloren, in Richtung der letzten Sonnenstrahlen des Tages reckte. Sie gähnte und fuhr sich durch ihre langen, glänzenden Haare. „Vielen Dank, dass sie uns vom Flughafen abgeholt haben. Den Rest denke ich, schaffen wir jetzt alleine." „Dann wünsche ich ihnen eine erholsame Nacht und willkommen in Phoenix." „Danke, gute Nacht!", grummelte Nea. Die Schwestern liefen Richtung Hoteleingang, als Mathew Hawkins ihnen hinterhereilte: „Ladys, wegen morgen. Schlafen sie sich aus und frühstücken gemütlich. Ich rufe sie im Laufe des Vormittags

an, um ihnen mitzuteilen, wann ich sie abholen werde, um sie auf die Ranch ihres Vaters zu bringen. Wenn sie vorher etwas benötigen, haben sie meine Handynummer. Jetzt aber wirklich – gute Nacht!" „In Ordnung. Danke, für ihre Hilfe!", Nea quälte sich nun doch ein Lächeln ab. Sie wusste, Mathew Hawkins trug an der Situation keine Schuld!
Alenia und Nea betraten die Hotellobby und sahen den Notar vom Parkplatz fahren. Alenia blickte geistesabwesend dem Wagen nach.

Erschöpft kuschelten sich die Geschwister in das breite Hotelbett und Nea war schon fast eingeschlafen, als Alenia meinte: „Er wirkt gar nicht wie ein Notar. Was denkst du, wie alt er ist?" „Keine Ahnung, Leni. Eigentlich ist mir das auch total egal." „Mir nicht!", gähnte Alenia. „Das habe ich befürchtet!", murmelte Nea.

*** ***

Molly hatte vor Aufregung rote Flecken auf Dekolleté und Gesicht. Sie trat auf die Veranda, um kurz darauf wieder im Haus zu verschwinden. Cookie, der schwarze Schäferhund, setzte sich auf und schien sich zu fragen, was denn heute los war. Er spitzte seine großen Ohren, legte seinen Kopf schräg und musste erkennen, dass es keine Streicheleinheiten gab. Gerade, als er sich wieder auf die sonnengewärmten Dielen niederließ, erschien Molly wieder, stemmte die Arme in die Hüfte und richtete den Blick auf einen Punkt am fernen Horizont. Cookie setzte sich vor Molly und sah mit seinen braunen Knopfaugen zu ihr hoch, stupste sie mit der Schnauze an und gab ein kurzes, tiefes Bellen von sich. „Sch… Cookie!", grimmig schaute Molly auf den Hund. „Du musst dich heute von deiner besten Seite zeigen. Wir bekommen Besuch!" Schnell streichelte sie über seinen Kopf, wischte ihre Hände an der dunklen Jeans ab, seufzte laut und ging zurück ins Haus. Cookie folgte ihr, doch bevor er mit hineinschlüpfen konnte, fiel die Tür ins Schloss.

Wenige Augenblicke später betrat Alexander das Haus und hörte Molly in der Küche: „Alex, bist du´s?" Das Wasser lief ihm im Mund zusammen, als sich die feinen Aromen, von gebratenem Steak und frischem Apfelkuchen, in seiner Nase festsetzten. Mit großen Schritten betrat Alexander die geräumige Küche und sah, wie seine Ziehmutter Puderzucker auf dem Gebäck verteilte. „Mmmh, Molly! Das riecht fantastisch!" Alex griff nach einem Stück Kuchen, doch Molly gab ihm einen Klapps auf die Finger. „Autsch!" „Hast du Hände gewaschen? Der Kuchen ist für später!" Alexander funkelte sie böse an. „Außerdem, wie siehst du denn aus? Mat und die Mädchen werden jeden Moment da sein." Er kniff seine wohlgeformten Lippen so fest aufeinander, dass nur noch dünne Linien zu erkennen waren. „Wie sehe ich denn aus? Wie man eben aussieht, wenn man auf einer Ranch arbeitet. Mach doch nicht so einen Wirbel um den Besuch!" „Du bist unmöglich, Alex!" „Du betreibst einen Aufwand, als käme der Präsident höchstpersönlich!" „Ich möchte doch nur, dass sich die Mädchen willkommen fühlen." Alex lachte laut auf: „Wahrscheinlich sind sie Vegetarier und du haust hier eine halbe Kuh in die Pfanne! Dann haben sie noch einen Grund mehr, uns von der Ranch zu werfen!" Mollys Augen weiteten sich voller Entsetzen. „Das glaubst du nicht wirklich, also ich meine, das mit der Ranch?" Alex legte gönnerhaft seine Hand auf ihre Schulter: „Ich glaube, wir sollten auf alle Eventualitäten eingestellt sein und in meinem Kopf habe ich mir die letzten Tage einige Horrorszenarien ausgemalt." „Wir müssen die Testamentseröffnung abwarten, schließlich geht es um Michaels letzten Willen und nicht, was du dir in deinem kleinen, kranken Hirn zurechtzimmerst." Sie tippte dabei mit ihrem Zeigefinger gegen seine Stirn. „Und jetzt gehst du dich umziehen! Abmarsch!" Molly schob Alexander rabiat aus der Küche. Irgendwie gelang es ihm, ein Stück Kuchen zu erhaschen, welches er triumphierend über seinem Kopf schwenkte und mit seiner Beute, die Stufen zum ersten Stock hinaufeilte.

Molly versuchte Alexanders Worte zu verdrängen, doch seine Unkerei, dass sie von der Ranch verscheucht werden könnten, setzte sich bitter fest. Sie schreckte aus diesen Gedanken, als Cookie laut bellte und Autotüren zuschlugen. Hastig lief sie zur Fronttür, um noch über die Schulter zu rufen: „Alex, beeil dich – der Besuch ist da!"

*** ***

Je näher sie der Covet Ranch kamen, desto kribbeliger wurde das Gefühl in Neas Bauch. Mathew Hawkins hatte die Geschwister gegen 11.00 Uhr im Hotel abgeholt und nun waren sie auf dem Weg zur Ranch.
Mat und Alenia quatschten über Gott und die Welt und es war offensichtlich, dass sich beide sehr sympathisch fanden. Schmunzelnd sah Nea aus dem Autofenster. Armer Mathew, wieder ein Männeropfer mehr auf Lenis Liste, dachte sie.

Als der Notar vom Highway abbog, deutete er auf einen Punkt in der Ferne, der mit jedem Meter, den sie näherkamen, an Form gewann und sich schließlich als großes Gebäude entpuppte. Nervös begann Nea auf dem Rücksitz des Wagens hin und her zu rutschen, um Genaueres zu erkennen. Kaum, dass der Notar das Auto zum Stehen brachte, riss sie die Autotür auf und konnte nicht schnell genug aussteigen. Das Ranch-Haus war eingebettet in die traumhafte Landschaft vor den Camelback Mountains und Nea starrte, wie gebannt, auf das große Anwesen. Majestätisch und harmonisch ragte es, mit seiner hellen Holzfront und der umlaufenden Veranda, vor den roten Felsen auf. Alenia und Mat verließen ebenfalls den Wagen, als ein großer, schwarzer Hund bellend auf den Besuch zulief. „Cookie!", rief Mat und versuchte das Tier, am Halsband zu greifen. Doch der umkreiste die Geschwister kläffend, bis sich Nea auf den, mit Kieseln aufgeschütteten, Vorplatz kniete. Cookie näherte sich ihr neugierig, bellte noch einmal, schnupperte interessiert an ihrer ausgestreckten Hand und ließ sich von ihr streicheln. Das Fell des Hundes war weich und gepflegt und seine treuen, dunklen Augen blickten Nea freundlich an.

So bemerkte Nea nicht, wie Molly Bennett aus dem Haus kam und die Stufen hinuntereilte. Mathew trat ihr einige Schritte entgegen. „Hi, Molly. Darf ich dir Alenia und Nea Bruch vorstellen – Michaels Töchter." Energisch wischte Molly ihre, vor Aufregung feuchten, Hände an der Jeans ab und hieß Alenia willkommen. „Ich bin Molly, das Mädchen für Alles hier auf der Ranch." „Hallo, Mrs. Bennett. Ich bin Alenia. Vielen Dank, dass wir sie hier besuchen dürfen." „Molly, nennt mich, bitte, Molly. Dann, bist du Nea?" Aufgeschreckt hob diese den Kopf und fand sich mit Mollys freundlichem Gesicht konfrontiert. Nea erhob sich. „Ja, ich bin Nea. Entschuldigung, ich war durch Cookie abgelenkt.", antwortete sie scheu. Der schwarze Schäferhund saß ganz ruhig zu ihren Füßen, als plötzlich ein scharfer Pfiff ertönte und der Hund in Richtung Veranda davontrabte. Dort stand ein junger, dunkelhaariger Mann. „Kommt, meine Lieben. Ich habe ein Mittagessen vorbereitet, dann kann ich euch auch Alexander vorstellen. Matty, du bleibst doch auch?" „Gerne, Molly!" So schritten sie in der Mittagssonne Arizonas auf das prächtige Haus zu. Alenia konnte sich ein Grinsen nicht verkneifen: „Matty?!", und der Notar wurde rot. Molly erklärte eifrig einige Dinge zum Anwesen. „Alex kann euch das alles besser zeigen. Nicht wahr, Alex! Das ist Michaels Ziehsohn, Alexander Christopher Warren und das Alex, sind

Alenia und Nea Bruch – Michaels Töchter aus Deutschland." Alex hatte die Hände über der Brust verschränkt und stand selbstbewusst und aufrecht da. „Hi!", das war seine Begrüßung, dann drehte er auf dem Absatz um und ging ins Haus. Molly war Alexanders Benehmen furchtbar unangenehm. „Tut mir leid, normal ist er nicht so. Die Situation nimmt uns extrem mit.", sie wischte sich nervös eine graue Strähne aus dem Gesicht und bat die Gäste einzutreten.

Die Feindseligkeit, die Alexander ausstrahlte, beeindruckte die Schwestern erst einmal nicht. Es war, wie Molly sagte, für alle eine Ausnahmesituation. Im Moment überwog die Neugier auf das Leben ihres Vaters. Was konnte Molly ihnen über die Beziehung zu ihrer Mutter berichten? Da war zu viel, was wichtiger war, als sich Gedanken über das Verhalten Alexanders zu machen.

Ein betörender Duft, leckeren Essens, strömte ihnen schon beim Betreten des Hauses entgegen und ließ den gemütlichen Wohnraum noch viel heimeliger wirken. Durch die großen Sprossenfenster fielen die Sonnenstrahlen ins Zimmer und schimmerten und funkelten im Kronleuchter, der über der festlich gedeckten Tafel angebracht war. Ein Deckenventilator verbreitete angenehme, kühle Luft im Raum und machte das Leben unter der Sonne Arizonas bedeutend erträglicher. „Setzt euch doch, bitte, Alenia – Nea! Alex und Matty, ihr helft mir, das Essen aufzutragen!" Mollys Tonfall war bestimmt und Alex, der bereits am Tisch saß, stand widerwillig auf und schlurfte in die Küche, doch verkniff er sich jeglichen Kommentar. „Fühlt euch zu Hause!", forderte Molly die Mädchen noch einmal auf, auf ihrem Weg in die Küche.

„Bis auf den komischen Kautz, sind doch alle recht sympathisch.", flüsterte Alenia. Sie folgte dem Beispiel ihrer Schwester und setzte sich an den massiven, aber mit filigranen Mustern verzierten, Tisch. Nea zuckte nur mit den Schultern und strich sanft mit den Fingern über das schwere Silberbesteck, das mit den Buchstaben ´MC` graviert war.

*** ***

Nach dem Essen gingen Alexander und Mathew zu den Pferden und die drei Frauen setzten sich in die weiß getünchten Rattan-Sessel, im Schatten der Veranda. Die Sonne flimmerte über der trockenen Erde und man erahnte, wie heiß ein Sommer hier werden konnte. Nea nippte am kalten Eistee und Molly entschuldigte sich erneut für Alexanders Verhalten. „Es tut mir furchtbar leid, dass Alex so abweisend ist. An ihm nagt die Angst, sein Zuhause ein zweites Mal zu verlieren." Molly berichtete vom tragischen Schicksal der Warren Ranch und der Fügung, dass Alexander hier auf der Covet Ranch ein neues Zuhause fand. „Das ist wirklich tragisch, aber noch lange kein Grund, uns so zu behandeln.", betonte Alenia. Molly wurde verlegen: „Ja, ich weiß!" „Es ist auch für uns eine absolut verwirrende und schwierige Situation und auch wir sind überfordert!" „Leni, lass gut sein. Molly kann nichts dafür!", beschwichtigte Nea. Molly sah sie an und lächelte: „Du hast sehr viel Ähnlichkeit mit eurer Mutter. Und du liebe Alenia, bist so impulsiv wie Michael, oder allgemein die Covets." „Was weißt du über die Beziehung von Mama und Michael? Warum ging diese in die Brüche? Hat sich Michael in dich verliebt?" Das Blut schoss Molly ins Gesicht und sie kratzte sich angespannt an der Stirn, trank einen Schluck und sammelte ihre Gedanken: „Nein, ich war nicht der Trennungsgrund eurer Eltern. Keine Ahnung, warum sie sich trennten. Niemand von uns hat das verstanden." „Wann und wo haben sie sich denn kennengelernt?"

„Michael war in den 1990ern mit der US-Army in Deutschland stationiert. Soweit ich weiß, in Bayern, in der Nähe von Nürnberg, wo sich die beiden auch kennenlernten. Als es für Michael nach einigen Jahren zurück in die USA ging, war für ihn klar, dass er Anna heiraten wollte. Anna war einige Male in Phoenix zu Besuch. Doch plötzlich endete die Beziehung und zur gleichen Zeit brach der Kontakt zu Michaels Familie ab. Michael hat nie darüber gesprochen und ich habe nie nachgefragt."

*** ***

Die Unterhaltung plätscherte weiter dahin, als Mathew Hawkins alleine zum Haus zurückkehrte und sich zu Molly und den Geschwistern gesellte. Nea beschloss, sich etwas die Füße zu vertreten, all die Neuigkeiten sacken zu lassen und die Ranch anzusehen. Langsam schritt sie die Stufen hinunter, zog die Sonnenbrille aus den Haaren und setzte diese auf, um ihre Augen vor der inzwischen tiefstehenden Sonne zu schützen. Die hellen Holzbalken des Hauses leuchteten weiß, im gleißenden Licht der untergehenden Sonne und die Berge im Hintergrund, strahlten in tiefem Rot und zogen lange Schatten auf die Koppel. Die Pferde grasten friedlich und Nea lehnte sich auf den obersten Balken der Umzäunung und genoss die Ruhe, als ein großes, braunes Pferd herantrottete. Unsicher wich sie zuerst zurück, doch das Tier streckte seinen riesigen Kopf über den Zaun und Nea konnte nicht widerstehen, ihre Finger durch die lange, dunkle Mähne des Tieres gleiten zu lassen. Vorsichtig trat sie näher und streichelte das samtige Fell, am Hals des Tieres. Ein warmer Wind strich über die Weite und Nea wurde von einem undefinierbaren Gefühl erfüllt. Plötzlich schoss Cookie, von der gegenüberliegenden Seite der Koppel, über die Wiese und bellte die Pferde laut an. Das große, braune Pferd riss erschrocken den Kopf in die Höhe, stampfte nervös mit den Hufen, drehte sich um und galoppierte mit wehender Mähne davon. Der Schäferhund erreichte Nea und legte sich hechelnd zu ihren Füßen ins Gras. „Du Schlingel! Wo kommst du denn her?" Kniend kraulte Nea den schwarzen Hund, als sie Hufschlag auf dem Kiesweg vernahm. „Ich hoffe, du hast aufgepasst, dass du auf keine Schlange trittst!" „Hi, Alexander. Oh, daran habe ich gar nicht gedacht." Das schwarze Pferd tänzelte unruhig auf dem Weg, doch Alex blieb im Sattel entspannt. „Ihr solltet euch mit euren Urlaubsoutfits allgemein nicht weit vom Haus entfernen. Hier gibt es allerlei gefährliches Getier. Mathew sollte euch besser wieder ins Hotel zurückbringen." Mit diesen Worten trieb er sein Pferd an und Cookie erhob sich und trottete seinem Herrchen gehorsam hinterher. Neas Blick folgte Alexander. Sie fühlte sich wie ein gescholtenes Kind, auch wenn seine Bemerkung sicher nur gut gemeint war. Langsam kehrte sie zurück zum Haus und beobachtete Alexanders Vorgehen, den schwarzen Hengst an der Balustrade festzubinden und schließlich abzusatteln. Liebevoll strich er dem Tier über den Hals, tätschelte es und redete beruhigend ein. Jeder Handgriff saß. Alexander strahlte Souveränität aus, eine Einheit mit der Ranch und dem Leben hier.

„War Alex mit dir bei den Pferden?", fragte Molly euphorisch, als Nea wieder zur Gruppe stieß. „Er hat mir erklärt, dass es hier Schlangen und anderes *fieses* Getier gibt. Stimmt doch, Alexander?" Nea war sich ihrem sarkastischen Unterton bewusst und sah Alex herausfordernd an. Für einen kurzen Moment zuckte sein linker Mundwinkel und verriet ein winziges Schmunzeln. „Iiiih, Schlangen!", schüttelte sich Alenia angewidert. „Ja, ekelhafte Viecher!", stimmte Mat zu. „Wer wollte denn früher immer eine Klapperschlange als

Haustier?", warf Alex verwundert ein. „Früher – ja, aber...."
„... jetzt ist unser Matty erwachsen! Oh!" „Hört auf!", stoppte Molly energisch das aufkeimende Geplänkel. „Alexander, du bringst Goblin auf die Koppel und befüllst die Tränke." „Und wir sollten euch nicht länger aufhalten und zurück ins Hotel fahren!", sagte Nea. „Wir sehen uns spätestens am Dienstag, zum offiziellen Termin der Testamentseröffnung." „Molly, vielen Dank für deine Gastfreundschaft und deine herzliche Art, uns hier, in eurem Zuhause, willkommen zu heißen.", sie küsste Molly auf die Wange. Alenia umarmte Molly. „Bye, Alexander!", winkte Alenia zum Abschied.

*** ***

Am Dienstagmorgen holte die Schwestern die Realität ein. Der gestrige Tag war eher von Urlaubsflair geprägt, mit Shopping, Entspannung am Pool und vielen neuen Eindrücken. Heute jedoch war der Tag, an dem sie erfuhren, warum Michael Covet sie in seinem Testament bedachte. Warum sie auf einmal eine Rolle in seinem Leben spielten.

Mathew Hawkins Büro lag in einem modernen Komplex in Downtown Phoenix. Die Klimaanlage summte leise, während Alenia und Nea im Wartebereich saßen. Die Aufzugtüren öffneten sich. Molly Bennett und Alexander Warren betraten die Kanzlei. Unter Mollys Augen zeugten dunkle Ränder von Schlafmangel und die sonst feinen Linien, in ihrem sanften Gesicht, durchzogen ihre Haut tiefer. Anspannung war auch Alexander deutlich anzumerken und sein sonnengebräunter Teint wirkte fahl. Ein ehrliches Lächeln stahl sich auf Mollys Lippen, als sie die Schwestern erblickte. Sie umarmte beide und Alex ließ sich zu einem, „Guten Morgen", und einen Händedruck herab. Nea wunderte sich über seine gepflegten Hände, die doch eigentlich Spuren der mühevollen Arbeit auf der Ranch aufweisen sollten.

Die Tür zu Mathews Büro wurde geöffnet und der Notar trat heraus und bat, nach der Begrüßung, in den Besprechungsraum. Dort saßen bereits ein Mann mittleren Alters und eine ältere Dame. Beide wirkten äußerst gepflegt und strahlten Selbstbewusstsein und Stärke aus. „Mrs.

Covet, Mr. Covet, darf ich ihnen Nea Katalina und Alenia Nava Bruch vorstellen." Der Mann erhob sich vom Tisch, schloss den Knopf seines dunklen Sakkos und kam auf Leni und Nea zu: „Hallo, ich bin Philipp Covet, Michaels Bruder. Meine Mutter, Barbara Covet." Diese reagierte in keiner Weise. Sie sah die Geschwister nicht einmal an. Ihr Blick war starr und ihr Gesichtsausdruck ohne jegliche Regung. Alenia griff nach Neas Hand. Denn auch wenn Alenia und Barbara aus verschiedenen Generationen stammten, war die Ähnlichkeit der beiden beängstigend und für jeden im Raum ersichtlich. Die klaren, blauen Augen, die Form der Nase und des Mundes, das erhobene Halten des Kopfes, die Gesichtsform, das nervöse Zucken der Augenbraue etc.

Mathew bat alle, Platz zu nehmen. „Vielen Dank, dass sie sich heute, auf Wunsch des Verstorbenen, hier in meinen Räumen eingefunden haben. Ich beginne nun mit der Verlesung der Anwesenheitsliste zur Testamentseröffnung.
Tag 07.05.2019 – anwesend sind:
Barbara Covet, geboren am 18.01.1944.
Philipp Covet, geboren am 07.06.1971.
Mary Bennett, im Folgenden ´Molly Bennett` genannt, geboren am 19.12.1969.
Alexander Christopher Warren, geboren am 21.08.1992.
Nea Katalina Bruch, geboren am 14.02.1994.
Sowie Alenia Nava Bruch, ebenfalls geboren 14.02.1994.
Die Richtigkeit der Daten wurde durch Legitimierung der Personen festgestellt.

Es folgt die Verlesung des letzten Willens meines Mandanten, Michael Covet, geboren am 04.09.1969 in Phoenix, verstorben am 10.03.2019 in Phoenix."

Nea versuchte, sich auf Mathews Worte zu konzentrieren, doch war sie wie in Trance. Die Namen und Geburtsdaten, die alle fremd waren, bis auf das eigene. Alenia hielt immer noch ihre Hand und krampfte dabei so sehr, dass sich die Fingernägel schmerzhaft in Neas Handballen gruben. Doch irgendwie hinderte sie genau dieser Schmerz daran, nicht in Ohnmacht zu fallen. Magensäure stieg in ihr auf und Nea schluckte die widerliche Flüssigkeit hinunter. Sie zwang sich zur Konzentration.

„Das Anwesen geht zu gleichen Teilen auf Molly Bennett, Alexander Christopher Warren, Anna Bruch und unsere Kinder, Nea Katalina und Alenia Nava Bruch, sowie meinen Bruder, Philipp Covet, über. Die Eintragung der Covet Ranch, zur vorübergehenden Bewirtschaftung und Verwaltung, bis eine Einigung erzielt wurde, geht an Molly Bennett. Alexander Christopher Warren erhält das Wohnrecht auf dem Anwesen, erweitert auf seine Nachkommen. Dies gilt ebenfalls für meine Töchter, Nea und Alenia Bruch, denen ich ebenso das Bleibe- und Wohnrecht auf der Ranch einräume wie ihrer Mutter, Anna Bruch. Sollten sich die genannten Parteien einzeln, oder zu mehreren, gegen die Annahme des Testamentes entscheiden, oder gar den Verkauf des Anwesens anstreben, wird den restlichen Parteien und meiner Familie (namentlich ´Covet`), ein Vorkaufsrecht eingeräumt. Bei einem Komplettverkauf – Übergang Fremdbesitz – erlischt das verankerte Wohn- und Bleiberecht.

Leider kann ich die verlorene Zeit nicht gutmachen und doch möchte ich meinen Töchtern ermöglichen, zu erfahren, wie mein Leben war. Deshalb bitte ich beide Seiten meiner Familie, sich um meine Töchter zu kümmern, ihre Fragen zu beantworten und sie so liebevoll und fürsorglich durchs Leben zu begleiten, wie ich es gerne getan hätte und wie es Anna sicher tut."...

Der Raum verschwamm plötzlich hinter einem dicken Tränenschleier und die salzige Flüssigkeit rann langsam über Neas Gesicht. Über 20 Jahre hatten Alenia und sie keine Ahnung, wer ihr Vater war und nun blieb nur die bittere Wahrheit, dass sie ihn auch nicht mehr kennenlernen konnten. Schweigend starrte Nea aus dem Fenster und wischte sich mit dem Handrücken die Tränen fort. Leises Schniefen drang aus Mollys Richtung an ihr Ohr und auch Alenia schluchzte kaum hörbar. Nur Barbara Covet zeigte keine Gefühlsregung. *"...Mein Wunsch ist es, dass die Familien wieder zueinander finden, egal was in der Vergangenheit geschah!"*

Mathew Hawkins schloss die Mappe, in der das handgeschriebene Testament lag. „Dies ist Michael Covets letzter Wille und ich als Testamentsvollstrecker möchte sie nun bitten, mit ihren Unterschriften, die Verlesung zu bezeugen. Des Weiteren benötige ich, bitte, die Kopie der Sterbeurkunde ihrer Mutter, um die Übertragung der Anteile an sie beide, die rechtlichen Erben, zu veranlassen." Stumm zog Nea die Kopie der Sterbeurkunde aus ihrer Handtasche und legte sie vor Mathew. „Mr. Hawkins, verstehe ich es richtig, dass mit Annas Tod, den Geschwistern der Hauptanteil des Anwesens zusteht?" „Das ist korrekt, Mr. Covet." Zornig starrte Molly Philipp an und auch Alexanders Hand ballte sich zu einer Faust, so dass seine Knöchel weiß hervortraten. Die Wände des Raumes schienen immer näher an Nea zu rücken und nervöse Punkte flimmerten vor ihren Augen. Natürlich mussten sich die Geschwister nicht sofort entscheiden, was mit ihrem Erbe geschehen sollte. Michael Covet, ihr Vater, hatte ihnen mit einer Erweiterung im Testament Zeit verschafft. Sie konnten sich mit den Veränderungen anfreunden, aber sich auch gegen die Ranch und die neue Familie entscheiden.

Die Unterschriften, dass sie der Testamentseröffnung beiwohnten, dauerte nicht lange und dann durften sie endlich den Raum verlassen. Das klamme Gefühl in Neas Brust wurde etwas leichter, als sie auf den Flur der Kanzlei traten, doch blieb die finstere Empfindung einer Ohnmacht bestehen. Mathew reichte jedem die Hand und entschuldigte sich, dass er gleich zu einem neuen Termin müsse. Barbara Covet schritt zu den Aufzügen, ohne ein Wort des Abschieds. Philipp Covet verabschiedete sich und bat die Schwestern um Entschuldigung für seine Mutter, die unter den Umständen geschockt sei, aber in den nächsten Tagen Alenia und Nea sicher gerne, auf dem Anwesen der Covets, begrüßen würde. „Die Mädchen wohnen auf der Ranch ihres Vaters! Wenn ihr also in Michaels Sinne, die Kluft zwischen den Familien schließen möchtet, dann könnt ihr euch jederzeit bei uns melden!" Peng! Mit dieser Ansage hatte

Philipp nicht gerechnet. Er sah Molly ziemlich perplex an, als sich diese bei Nea und Alenia unterhakte und hocherhobenen Hauptes zu den Aufzügen marschierte.

*** ***

Mollys Worte, gegenüber Philipp, waren keine leere Versprechung. Nein, die Geschwister wurden noch am gleichen Tag in Gästezimmern, auf der Covet Ranch, einquartiert.

Neas Zimmer lag auf der Hofseite, mit Blick auf die Pferdekoppel und einem winzigen Balkon, der am Morgen vom Sonnenaufgang erstrahlt wurde. Alenia dagegen entschied sich für das Zimmer im hinteren Trakt des Hauses, dass von der Morgensonne verschont blieb, dafür aber, den Blick auf die Camelback Mountains zuließ.

Als es an der Zimmertüre klopfte, verstaute Nea ihre Kleidung in der verzierten, hölzernen Kommode. Alenia steckte ihren Kopf herein und huschte dann ins Zimmer. Sie ließ sich auf das Bett plumpsen und gähnte geräuschvoll: „Ist dein Kopf auch so voll? Mir kommt das Alles hier unwirklich vor." Nea schloss die Schublade und stützte die Hände auf die bunt bemalte Oberfläche, nickte zustimmend und gähnte ebenfalls: „Verrückt, oder?" Sie trat zum Bett und setzte sich im Schneidersitz auf die, mit Kakteen und Cowboystiefeln, verzierte Tagesdecke. Sie nahm eines der weichen Kissen auf ihren Schoss: „Zu den Fragen, bezüglich Michael und Mama, kommen nun die Fragen, wegen der Covets dazu. Was ist da nur vorgefallen, dass uns Barbara Covet, wie schlechte Luft behandelt und Molly so schnippisch auf Philipp reagiert?" „Aber Philipps Frage, über die Aufteilung der Ranch, war zu diesem Zeitpunkt wirklich unpassend." "Wobei er sich uns gegenüber doch recht freundlich benahm." "Aber Mollys Blick, boah...! Barbara Covet, brrrr! Da treibt es mir die Gänsehaut über den Körper. Nicht nur, weil sie so gefühlskalt wirkte. Es war für mich, als schaute ich in einen Spiegel, der mich um 50 Jahre altern lässt!" Alenia rieb sich über ihre Arme, auf denen die feinen Härchen zu Berge standen. "Das muss ihr doch auch aufgefallen sein, aber null Reaktion! Vielleicht erzählt uns Molly, was vorgefallen ist." "Wir haben ein paar Tage Zeit, das Geheimnis zu lüften." "Was anderes, Nea ..." Alenia zupfte an Neas T-Shirt herum, bevor sie weitersprach: "Nealein, hast du etwas dagegen, wenn ich heute Abend mit Mathew essen gehe?" Alenia sah ihre Schwester unschuldig unter ihren langen Wimpern an, so dass sich diese das Grinsen nicht verkneifen konnte. "Spar dir deinen Augenaufschlag für Mathew. Was sollte ich dagegen haben?" Alenia sprang auf, klatschte in die Hände, drückte Nea einen Kuss auf die Stirn und war aus dem Zimmer. Wenige Minuten später verließ auch Nea ihr Zimmer, um Molly zu suchen.

*** ***

Molly Bennett saß konzentriert am Schreibtisch im Arbeitszimmer und war in Abrechnungen vertieft, als Nea leise an die offene Tür klopfte. Sie hob den Kopf: „Nea, na, habt ihr eure Zimmer bezogen? Fehlt euch noch etwas?" „Die Zimmer sind wunderschön! Vielen Dank, dass wir hier sein dürfen." Molly schob sich ihre rote Lesebrille in die Haare, stand vom Tisch auf und trat auf Nea zu: „Nea, das hier ist ebenso euer zu Hause wie unseres. Du musst dich nicht bedanken, das ist selbstverständlich. Komm, wir machen uns einen Kaffee! Die Arbeit kann warten." Sie gingen in die Küche und während Molly an der Kaffeemaschine hantierte, sah sich Nea in dem liebevoll gestalteten Raum um. Dicke Bündel trocknender Chilischoten hingen am Fenster und in Pflanztöpfen, mit indianischen Mustern, verströmten diverse Kräuter ihr Aroma. Die Arbeitsfläche war riesig, aus dunklem Holz und mit bunten, eingelassenen Glassteinen verziert. Kochutensilien hingen geordnet und poliert an ihrem Platz. Der Duft von Gewürzen und frischgebrühtem Kaffee erfüllte den Raum. Nea atmete tief ein und ließ die friedliche, heimelige Atmosphäre auf sich wirken. „Würdest du die Milch aus dem Kühlschrank holen, Zucker steht gleich vor dir im Regal" Molly stellte zwei Tassen auf den Frühstückstresen und nahm auf einem Hocker Platz. „Wo ist Alenia?" „Ähm, die zieht sich um, weil sie mit Mathew essen geht." „Oh! Gehst du nicht mit?" Grinsend schüttelte Nea den Kopf, als sie sich zu Molly setzte. „Nein, ich lasse

die beiden lieber alleine." „Fühle ich einen Hauch Romantik in der Luft?" „Wer weiß, wer weiß!"
Schweigend rührten sie die Milch in den Kaffee und Nea verfolgte, wie sich der Oberflächenwirbel des Getränkes glättete. „Wie geht es dir mit der ganzen Situation, Molly? Du wirkst so stark und für dich scheint es normal, dass es Alenia und mich gibt." Molly kratzte sich den Nacken. „Du kannst mich für verrückt erklären, aber als Mathew uns die Nachricht überbrachte, dass es euch gibt, war es für mich kein Schock, oder *die* riesige Überraschung. Irgendwo tief drinnen hatte ich schon immer die Vermutung, dass aus Annas und Michaels Liebe mehr blieb, als eine Erinnerung." Molly strich Nea sanft eine dicke Haarsträhne über die Schulter. „Vielleicht fühlte es Michael auch und das war ein zusätzlicher Grund, dass er nie über das Ende der Beziehung mit Anna hinwegkam." Nea nickte. „Haben eure Namen eine besondere Bedeutung?" „Irgendwie wusste Mami direkt bei der Geburt über uns Bescheid. So heißt ´Alenia Nava`, die Strahlende, die Schöne und ´Nea Katalina`, die Zarte, die Reine, oder Liebliche. Alenia stand schon immer mit Vorliebe im Mittelpunkt. Sie ist impulsiv, extrovertiert und arbeitet gerne mit Menschen. Dieses Jahr schließt sie ihr Studium für Instrumental- und Musikpädagogik ab." Während Nea erzählte, betrat Alexander die Küche, nahm sich eine Tasse Kaffee und hörte zu. „Und du, Nea?", fragte Molly. „Du wirkst auf mich wie der Ruhepol von euch beiden." Unsicher drehte Nea ihre Tasse in den Händen. Ihr Enthusiasmus, über sich selber zu sprechen, hielt sich in Grenzen und Alexanders

Anwesenheit schüchterte sie dazu noch ein. „Ja, ähm, ich bin Kopfmensch und Leni nennt mich eine ´Laborratte`." Nea kicherte leise. „Ich habe vor einem Jahr das Studium der Biotechnologie beendet und arbeite in der Forschung. DNA-Analyse zur Entwicklung neuer Medizin." „Wow! Mein Gott, Michael wäre so stolz auf euch! Alexander und du, ihr seid quasi Kollegen. Nicht wahr, Alex?" Molly legte ihm liebevoll die Hand auf die Schulter. „Alexander ist Arzt." „Oh!", entfuhr es Nea und sie entdeckte Stolz und Liebe, für ihren Ziehsohn, in Mollys Augen. Alex war peinlich berührt und trank einen Schluck Kaffee. Mit dieser Information erklärten sich auch Alexanders gepflegte Hände, wenn er nicht ständig auf der Ranch arbeitete. Da wirbelte Alenia auf hohen Schuhen und in einem kurzen Sommerkleid in die Küche. Sie trug dezentes Make-up und hatte sich ihre langen, dichten Wimpern getuscht. Ein Hauch Lipgloss betonte ihren sinnlichen Mund. „Hallo, ihr Lieben! Ich wünsche euch einen schönen Abend, ich bin dann mal weg!" Sprachs, küsste Molly und ihre Schwester auf die Wange, zwinkerte Alex zu und war hinaus. „So eine Maus!", lachte Molly und schüttelte den Kopf. Alexander sah Alenia irritiert hinterher: „Wo geht sie denn hin?" „Sie geht mit Matty aus.", antwortete Molly. „Warum geht ihr beiden denn nicht mit?" „Wer?" „Na, Nea und du!", auffordernd sah Molly zwischen den beiden hin und her. Nea schüttelte energisch den Kopf und lenkte das Gespräch schnell in eine andere Richtung. „Wisst ihr, was zwischen Michael und seiner Familie vorgefallen ist, dass sich das Verhältnis so abgekühlt hat?" Alexander räusperte sich: „Die Covets sind sehr einflussreich und wohlhabend. Über die letzten Jahrzehnte hinweg haben sie sich durch schlaue Investitionen, ein kleines Imperium aufgebaut. Es gibt viele Firmen in denen sie beteiligt sind und unzählige Grundstücke gehören der Familie. Der Name ´Covet` ist in Phoenix, wenn nicht in Arizona, ein Begriff." Alex trat um Nea herum und schob sich neben ihr auf einen Hocker. „Aber, das hört sich doch prinzipiell positiv an, wenn man das Glück hat, aus solchen Verhältnissen zu stammen." „Doch es kann auch eine Bürde sein, oder von Nachteil, weil man die Erwartungen, die einem dieser Name auferlegt, nicht erfüllen kann." „Oder, in Michaels Fall, nicht erfüllen will!", betonte Molly. Verwirrt runzelte Nea die Stirn. „Mit schlauen Investitionen", erläuterte Alexander weiter, „ging es bei den Covets schließlich so weit, dass sie sich auch durch Einheirat in gesellschaftlich gut situierte Familien, einen entsprechenden Vorteil verschafften." „Und da spielte Dad nicht mit?", sprudelte es aus Nea heraus. „Die Vermutung ist sehr romantisch, doch nicht ganz richtig." Jetzt wurde Nea immer neugieriger, stützte den Ellbogen auf den Tresen, legte ihre Hand ans Gesicht und hörte mit erhitzten Wangen, Alex zu. „Michaels Vater, Joseph Covet, war ein sehr strenger Mann und wie du heute bemerkt hast, ist seine Mom auch nicht unbedingt die liebevollste Frau. Dies wurde zu Michaels Jugend immer schlimmer, weil Barbara und Joseph in ihm den Stolz und die Zukunft der Familie sahen. Mit seinem brillanten Geschäftssinn, gepaart mit einem scharfen Geist und guter Menschenkenntnis, war er prädestiniert dafür, das Covet Imperium zu leiten. Doch

Michael wollte sein eigenes Leben, selbstbestimmt und fern von den Zwängen und Vorgaben, die seine Eltern diktierten. Deshalb ging er auch zum Militär." „Michael war ein Mensch mit viel Herz, empathisch, aufrichtig und bodenständig.", warf Molly ein und Tränen schimmerten in ihren Augen und der Schmerz, über den Verlust, erfüllte den Raum. Molly atmete schwer: „Michael überließ seinem jüngeren Bruder den Vorrang, in die Fußstapfen, Joseph Covets, zu treten. Was dann, im Einzelnen geschah, wissen Alex und ich nicht. Nur, dass es zum Streit mit Philipp kam und Michael für Anna und sich sowieso das Haus hier bauen wollte. Aber dann war komplette Funkstille – sowohl zu den Covets, aber auch die Beziehung zu Anna zerbrach. Wenige Wochen später heiratete Philipp seine versnobte Frau, die aus einer reichen Familie stammt und schon länger gern gesehener Gast bei den Covets war. Wir denken, mit dieser Hochzeit erfüllte Philipp den Wunsch seiner Eltern." Molly seufzte. „Was wir in den letzten Monaten allerdings mitbekommen haben, soll es finanziell Schwierigkeiten bei den Covets geben.", erklärte Alexander. „Nea, wir wollen euch eure Familie, nein anders, eure Verwandten nicht vorenthalten, aber ich rate euch, Philipps Freundlichkeit mit Vorsicht zu genießen. Er war mir schon immer suspekt. Auch wenn er Michaels Bruder ist, aber ich mag ihn nicht!" Nachdenklich nickend, setzte sich Nea wieder aufrecht hin. „Danke, dass ihr versucht, Dads Leben zu erklären, auch wenn es viele Puzzleteile gibt, die ihr auch nicht zuordnen könnt. Aber genau deshalb ist es für mich und Alenia wichtig, mit den Covets zu sprechen. Vielleicht kann Philipp, oder sogar

Barbara uns erklären, was zwischen Mom und Dad vorgefallen ist, dass die Beziehung scheiterte und keiner von unserer Existenz wusste."

*** ***

Nea trat mit einer Tasse Kaffee hinaus auf die Veranda. Die Luft war klar und frisch, doch die hell und golden aufgehende Sonne kündigte einen weiteren heißen Tag an. Bedenken und Fragen nagten an Nea und raubten ihr den Schlaf. Sie lehnte sich mit den Unterarmen auf das weiße Holz der Balustrade und ließ den Blick über die Weite schweifen, als ihre Aufmerksamkeit, durch eine Bewegung, auf die Pferdekoppel gelenkt wurde. Alex füllte dort die Tränke der Tiere mit frischem Wasser. Er trug Sportkleidung und war wohl joggen gewesen. Goblin, der schwarze Hengst, trat als Erster an die Tränke. Alexander streichelte liebevoll die Flanke des Tieres, hinab zu den weißen Fesseln. Das dunkle Fell glänzte im Licht, der zügig steigenden Sonne.

Alex schloss die Koppel hinter sich. Nea versuchte, sich auf die Tasse in ihrer Hand zu konzentrieren, auf ihre Finger, auf irgendetwas anderes, als auf Alexander. Seine Schuhe knirschten auf den Stufen der Veranda: „Morgen, Nea." „Morgen!" „Kannst du nicht schlafen?", fragte er interessiert und blieb neben ihr stehen. Sie schüttelte den Kopf: „Ich komme nicht zur Ruhe, zu viele Gedanken!" Sie richtete sich auf und lehnte sich mit dem Rücken an die Umrandung. „Kaffee?" Ohne seine Antwort abzuwarten, reichte sie Alex die Tasse. „Danke!" Er nahm die Tasse entgegen und für eine winzige Sekunde berührten sich ihre Fingerspitzen. Sofort zog Nea ihre Hand zurück. Sie wusste nicht recht, wie sie sich verhalten sollte. Seit der Ankunft in Phoenix, war es das erste Mal, dass Alexanders Augen nicht finster und unfreundlich dreinblickten. Die Pupillen waren nicht dunkel, sondern heute blieb Platz für die eigentliche Augenfarbe – ein außergewöhnlicher, graublauer Farbton. „Bist du ein Morgenmensch?", fragte er. Nea nickte: „Ja, ich mag den Sonnenaufgang, vor allem hier, wenn die Luft noch so kühl und frisch ist. Ich kann nicht genau beschreiben was es ist, aber es beruhigt mich." Alex nickte, trank einen Schluck Kaffee und lehnte sich dann zu ihr an die Brüstung. „Denkst du über euren Termin bei den Covets heute nach?" „Ja, ich bin innerlich ziemlich zerrissen. Einerseits bin ich natürlich neugierig auf Dads Elternhaus und unsere Verwandten, aber andererseits habe ich pure Angst vor dem Zusammentreffen." Stille.

Nea sah zögernd zu Alex, der die Tasse erneut an die Lippen hob. Sein Blick war auf einen Punkt irgendwo hinter dem Haus gerichtet. Nea studierte sein Profil und musste sich eingestehen, dass er attraktiv war. Eigentlich entsprach er der romantischen Vorstellung eines Cowboys, aus ihren Wildwestromanen. Sie kratzte sich bei diesem Gedanken nervös hinter dem Ohr. „Hm.", murmelte Alexander. „Was sagt Alenia dazu? Geht es ihr ähnlich?" „Leni lässt das auf sich zukommen. Doch ganz wohl ist ihr vor dem Besuch heute auch nicht." Alex reichte ihr wieder die Tasse und ging zur Eingangstür, ehe er sich noch einmal umdrehte. „Ich frage mich die ganze Zeit, wie ich mich in eurer Situation verhalten würde. Wie es mit der Ranch weitergeht? Ob Alenia und du wirklich so nett und harmlos seid, wie ihr euch hier präsentiert. Ich muss mich damit arrangieren, dass es euch gibt. Ob ich euch mag und vertraue, das steht aber auf einem anderen Papier, Nea!"

*** ***

Philipp Covet war absolut pünktlich, als er Alenia und Nea abholte. Sein adrettes, gepflegtes Auftreten spiegelte sich in Einfahrt, Garten und dem Covet Haus wider. Perfektion bis ins kleinste Detail! Der hellgraue Marmorboden glänzte im Eingangsbereich der Villa, ein großer Strauß frischer, gelber Rosen war geschmackvoll auf einem Glastisch arrangiert und verströmte einen angenehmen Duft. Eine hochgewachsene, rothaarige Frau kam ihnen entgegen. Ihr türkises Etuikleid hob sich von ihrem hellen, porzellanenen Teint ab. Das lange, volle, rote Haar fiel in sanften Wellen über ihre Schultern und betone die tiefgrünen Augen, die wach und katzenartig blickten. Was für eine bildschöne Frau! „Nea, Alenia – darf ich euch meine Ehefrau, Victoria Covet, vorstellen." „Victoria, meine Liebe, das sind Nea und Alenia Bruch, Michaels Töchter!" „Willkommen! Schön, euch kennenzulernen." Victoria reichte den Schwestern die Hand und bat sie dann in den Wohnbereich, wo eine Erfrischung bereitstand. „Nehmt doch, bitte, Platz!", lud Philipp ein und deutete auf die weiße Sitzgruppe. Alenia und Nea setzten sich und waren von der stylischen, fast sterilen Einrichtung regelrecht geflasht. Victoria reichte ihnen ein Glas frisch zubereiteter Limonade und kleine, exquisit aussehende Häppchen. Gebannt verfolgte Nea Victorias Bewegungen, bis hin zu dem Moment, als sie sich langsam auf einen der Sessel niederließ, geschmeidig ihre schlanken Beine an den Knöcheln überkreuzte und anmutig ihre Hände in den Schoß legte. Nea erinnerte sich an Mollys Worte, ´Philipps versnobte Frau`. Auf jeden Fall war sie die Anmut in Person, so dass sich Nea, wie ein simpler Tölpel vorkam. „Wie erging es euch in den vergangenen Tagen?" Alenia stellte ihr Trinkglas vorsichtig auf den futuristischen Beistelltisch. „Wir wurden sehr herzlich und lieb von Molly auf der Ranch aufgenommen. Ansonsten sind wir immer noch dabei, die Eindrücke, die Veränderungen, in unserem Leben zu verstehen, zu sortieren und einzuordnen." Die Covets nickten verständnisvoll. „Es tut uns unendlich leid, dass Anna verstorben ist. Mathew Hawkins berichtete uns von dieser Tragödie. Einfach schrecklich, was ihr in den letzten Monaten durchmachen musstet." Nea räusperte sich: „Das Leben ist nicht immer einfach. Alenia und ich suchen Antworten auf so viele Fragen und wir hoffen, dass ihr uns bei der Klärung helfen könnt." „Das wird sich schwierig gestalten, nachdem uns Michael aus seinem Leben verbannt hat!", ertönte eine kräftige, melodische Stimme vom Zimmereingang. Barbara Covet stand an der Tür und blickte den Schwestern kalt und arrogant entgegen. „Mutter, setz dich doch zu uns." Mit diesen Worten erhob sich Philipp, um Barbara zu einem der Stühle zu geleiten. „Grüß dich, Victoria." „Barbara, möchtest du eine Limonade?", erkundigte sich Victoria. Ihre Schwiegermutter nickte und ließ sich langsam auf den Stuhl nieder. „Aber, genau das möchten wir herausfinden. Warum plötzlich Funkstille herrschte! Warum keiner von uns wusste und wir nicht von euch!", platzte es aus Alenia heraus. Barbaras unterkühlter Blick richtete sich auf die junge, dunkelhaarige Frau: „Dann kann ich ihnen nur Glück wünschen, wenn sie dies in

Erfahrung bringen möchten." „SIE – du siezt uns?!" Alenias Wangen röteten sich und ihre Augen funkelten zornig. „DU - bist unsere Großmutter, verdammt noch mal und auch, wenn Nea einen DNA-Test zur Bestätigung durchführen könnte, so sieht doch ein jeder Vollidiot an unserer Ähnlichkeit, dass wir verwandt sind!" Beruhigend legte Nea die Hand auf Alenias Oberschenkel. „Das, muss ich mir nicht bieten lassen. Philipp, ich habe es dir gesagt, dass es nicht funktionieren wird." „Mutter..." Barbara Covet hob nur kurz die Hand und ihr Sohn verstummte augenblicklich. Damit war für sie das Treffen, mit den Bruch-Zwillingen, erledigt und sie verließ die Gruppe.

„Für meine Schwiegermutter ist die Situation äußerst belastend und in ihrem gehobenen Alter wohl auch schwierig, mit Veränderungen klarzukommen.", entschuldigte Victoria den Vorfall. „Alenia, du hast Recht, wütend auf das Verhalten meiner Mutter, eurer Großmutter, zu sein. Doch denken Victoria und ich, dass ihr distanziertes, kaltes Auftreten euch gegenüber ein Schutzmechanismus ist, um vor Enttäuschung bewahrt zu werden. Es ist wohl die Befürchtung, die letzte Verbindung zu Michael, in Form seiner Ranch, an Fremde zu verlieren." „Wie meinst du das? Warum an Fremde verlieren?" Philipp atmete tief ein und Victoria sah betroffen auf ihre Hände: „Zum einen seid ihr natürlich Fremde, aber Michaels Töchter und damit ein Teil der Familie. Mehr belastet wohl der Gedanke, dass ihr eure Anteile der Ranch an Molly und Alexander überschreibt, weil ihr euer Leben in Deutschland habt und zu Michael keine Bindung besteht, nur auf dem Papier…Was wir natürlich verstehen würden, doch für Mutter wäre es ein harter Schlag." Philipp schüttelte mit gesenktem Blick den Kopf. Seine Worte erreichten die Zwillinge. Nea verstand auch irgendwie, dass die Covets Angst hatten, Michaels Ranch könnte in fremdes Eigentum übergehen, doch da war dieses Bauchgefühl, was sich zu regen begann und aus einem unerklärlichen Grund Misstrauen streute. „Das ist doch Schmarrn! Wir wissen doch erstens gar nicht, wie wir das mit der Ranch regeln wollen und zweitens ist Molly bestimmt nicht der Typ Mensch, der sich den Besitz unter den Nagel reißt und daraus die ´Bennett Ranch` macht. Dafür ist sie zu loyal und zu respektvoll gegenüber dem Vermächtnis unseres Vaters!" Nea nickte heftig, um Alenias Worte zu bestätigen. „Ihr sollt wissen, dass wir euch immer gerne unterstützen, wenn es darum geht, die richtige Entscheidung zu treffen.", hauchte Victoria. „Alenia und ich sind erwachsene Frauen und wir müssen, ebenso wie ihr, mit der traurigen Realität, Michaels Tod, erst einmal fertig werden und uns an die veränderten Gegebenheiten gewöhnen. Wir geben jedem von euch die Möglichkeit, sich als Onkel, Tante, Oma etc. einen Platz in unserem Leben zu schaffen. Doch müssen wir uns dazu alle kennenlernen und gegenseitiges Vertrauen aufbauen! Dazu gehört eben auch, mehr über unseren Vater zu erfahren, so wie ihr mehr über uns erfahren müsst, um euch ein Bild zu machen!" Alenia griff stolz nach Neas Hand und strahlte ihre Schwester an. Die Wortwahl war einfach perfekt! Victoria sah zu Philipp, der seine buschigen Augenbrauen zusammenkniff: „Absolut, ähm..." Schweigen.

*** ***

Eine wirklich tiefgründige Erkenntnis erhielten die Schwestern nach dem Besuch, in der Covet Villa, nicht. Während sie nun auf dem kleinen Balkon vor Neas Zimmer saßen, sprachen sie über das Erlebte. „Ich weiß nicht, was du für einen Eindruck hast, aber ich persönlich vermute, dass wir nicht die ganze Wahrheit erfahren haben." Nea nickte und biss auf ihrer Unterlippe herum. „Mein Bauchgefühl sagt mir, dass da irgendetwas faul ist." Leni schob sich die Sonnenbrille in die Haare. „Victoria ist eine wunderschöne Frau. Ich denke aber, sie ist nicht halb so nett, wie sie sich heute präsentiert hat." „Glaubst du, dass Mama den Kontakt aus heiterem Himmel abgebrochen hat? Das klingt überhaupt nicht nach ihr." „Mich würde interessieren, was `Oma Covet´ darüber weiß. Meine Vermutung liegt darin, dass sie da irgendwie die Hände im Spiel hatte und die gute Victoria weiß sicher auch mehr!"

*** ***

Goblin drängte aus der Box, doch Alex trieb ihn energisch zurück und schloss den Riegel. Der dunkle Hengst riss bei dem lauten Geräusch, des einrastenden Bolzens, die Augen panisch auf und tänzelte unruhig in der Box. „Ruhig, Goblin!" Alex sprach sanft auf ihn ein und schließlich entdeckte das Pferd den frischen Hafer im Futtertrog und begann zu fressen. Na also, dachte Alex und betrat die Sattelkammer, um das Zaumzeug und die Sättel zu kontrollieren.

Er war ratlos in Bezug auf die Zukunft der Ranch. Sicher, er trat in ein paar Wochen im Paradise Valley Hospital eine Stelle an und blieb in der Nähe. Doch wer sollte die ganze Arbeit hier erledigen? Molly konnte sich nicht um alles kümmern und bei den Rindern fehlte ihr das notwendige Knowhow. Sollten sie sich wirklich die Covets dazu ins Boot holen? Und was war mit Alenia und Nea? Die beiden agierten hier wie Touristen. Von Ranch Leben hatten sie keine Ahnung. Woher auch? Cookie war ganz vernarrt in Nea, wohl weil sie immer Zeit fand, ihn zu streicheln. Alenia hatte Matty den Kopf verdreht und mehr wollte Alex darüber nicht wissen. Er musste aber gestehen, dass mit den beiden Mädels wieder mehr Dynamik und Bewegung auf der Ranch eingezogen war. Das freute Alex vor allem für Molly. Während er das Zaumzeug von Goblin einfettete, vernahm er Schritte im Stallgang und blickte verwundert auf seine Uhr. War das Abendessen heute schon so früh fertig? Nea hatte ihn die letzten Tage immer zum Essen geholt und er gab es nicht gerne zu, aber Alexander gewöhnte sich an dieses Ritual. Er mochte ihre ruhige Art und den fachlichen Austausch. Dazu faszinierten ihn die goldenen Tupfer in ihrem langen Haar, welche die Sonnenstrahlen zauberten und er ließ sich von ihrem begeisterten Lachen anstecken. „Essen schon fertig?!", fragte er fröhlich, ohne aufzublicken. Doch es war nicht Nea, die an der Tür erschien, sondern Victoria Covet. Ihre langen, schlanken Beine steckten in einer engen, dunklen Jeans und ihr weißes Satinoberteil umschmeichelte ihren schmalen Oberkörper. Die teure Sonnenbrille saß lässig in ihrer Mähne an rotem Haar. „Hi, Alexander. Dachte ich mir, dass ich dich hier finde." „Hallo, Victoria. Was führt dich auf die Ranch?" Die mit blitzenden Glassteinen besetzten Sandalen funkelten an ihren Füßen, als sie nähertrat. Victorias Erscheinung passte nicht in die rustikale Umgebung der Sattelkammer und auch, wenn sie eine wunderschöne Frau war, fand Alexander sie zu perfekt. So eine Frau konnte er sich nicht an seiner Seite vorstellen. Für die Covets war die Heirat mit Victoria pure Kalkulation und Philipp hatte quasi eine neue ´Trophäe` ergattert. Nea hatte recht, es war eine verzwickte Situation, die nach Klärung forderte, doch Alex wollte seine Seele auch nicht an den Teufel, sprich in seinen Augen, die Covets, verkaufen. „Alex, ich benötige dringend deine Hilfe!", säuselte Victoria. Fragend legte sich Alexanders Stirn in Falten. „Unser Pferdestall wird renoviert und meine Stute, Belle, ist zu sensibel und empfindlich, als dass sie den Tumult, Schmutz und Dreck ertragen würde. Ich möchte sie den Dämpfen, der frischen Farbe auch nicht aussetzen. Und da wir doch eine

Familie sind, wollte ich fragen, ob ich Belle in der Zeit bei euch unterstellen kann?" Alexander roch Victorias süßes, teures Parfum, als sie weiter auf ihn zu schritt. „Denkst du, Molly hat etwas dagegen?" „Nein, weiß nicht – das muss ich mit ihr besprechen." Er sah, Victoria ihre Hand heben und es schien so, als wollte sie ihn berühren. Just in diesem Moment betrat Nea die Sattelkammer.

Ihre blauen Augen blickten erschrocken und ungläubig, ja angewidert, zwischen Victoria und Alexander hin und her.

Mit einem Mal war ihre gute Laune verflogen.

Dabei war Nea vor wenigen Minuten vergnügt zum Stall gelaufen und Cookie war ihr auf dem Fuße gefolgt. Fröhlich sprang er an ihren Beinen hoch und sie liefen um die Wette, um Alex zum Abendessen zu holen. Aus den Augenwinkeln sah Nea Philipp Covets SUV auf dem Hof parken, dachte sich aber wenig dabei und rannte weiter. Cookie überholte sie und blieb mit weit heraushängender Zunge hechelnd am Stalleingang stehen. Der Hund durfte nicht in das Gebäude, um die Tiere, vor allem die jungen Fohlen, nicht zu erschrecken. „Platz, Cookie! Ich bin gleich wieder da." Nea strich dem großen, dunklen Hund liebevoll über den Kopf, als er die Ohren spitzte und ein dunkles Knurren vernehmen ließ. „Leise, Cookie! Du darfst nicht in den Stall." Als hätte er ein wildes Tier, oder eine Schlange gewittert, baute er sich vor der Türe auf, so dass sich Nea an ihm vorbeidrücken musste. „Nein, aus, Cookie!"

Der Geruch von Heu, Stroh und Pferden umfing Nea und alles wirkte normal. Was hatte der verrückte Hund gewittert? Als sie weiter Richtung Sattelkammer ging, in der sie Alex vermutete, lugte sie vorsichtig in eine der 20 Boxen. Dort stand eine dunkelbraune Stute, die hoch trächtig, bei dem heißen Wetter, nicht mehr auf die Koppel gelassen wurde. „Hallo, Hübsche. Na, geht es dir gut? Bald bekommst du dein Baby." Die Stute schnaubte leise und Nea drückte ihr Gesicht in die weiche Mähne und genoss die Vertrautheit mit dem Tier. „Ich komme dich später noch einmal besuchen." Vorsichtig gab sie dem Pferd einen Kuss auf die rosafarbenen Nüstern und ging weiter. Zuerst dachte Nea, sie hätte sich geirrt, als sie Stimmen vernahm. Doch als sie nähertrat, wurden die Stimmen lauter und deutlicher. Ihr fiel Philipps Wagen wieder ein und ein ungutes Gefühl breitete sich in Nea aus. Goblin, der riesige Hengst, stand in seiner Box und fraß genüsslich den Hafer aus seinem Trog. Aufmerksam drehte er den Kopf, legte die Ohren an, schnaubte und wieherte leise. Nea hatte Respekt vor dem Tier. Es strotzte vor Kraft und war unberechenbar. Irgendwie passend zu Alexander! Langsam lugte sie in die Sattelkammer und hörte Alexanders Stimme. „... mit ihr besprechen." Nea bog um ein Regal und blieb wie angewurzelt stehen, als sie Victoria sah, die regelrecht an Alex klebte. Ihr Gesicht wurde heiß und sie stammelte: „A-abend, Abendessen."

Schockiert rannte Nea an Cookie vorbei zum Haus. Der Hund bellte und jagte ihr hinterher, doch sie blaffte ihn unfreundlich an. „Cookie! Nein!" Mit einem Ruck blieb er stehen, kniff seine Rute zwischen die Beine und tappte mit hängendem Kopf zum Ranch-Haus zurück. Der Hund tat Nea leid, er konnte ja nichts dafür, aber in diesem Moment nervte sein Bellen! Was wollte Philipps Frau von Alexander? Das Bild von den beiden, so vertraut miteinander, war gruselig. Angeekelt schüttelte sich Nea, als sie die Türe öffnete. Mit wem konnte sie darüber sprechen? Wie so oft in den letzten Tagen war Alenia bei Mathew. Neas Magen zog sich zusammen, als sie die Küche betrat, wo Molly summend Tomaten schnitt. „Kommt Alex?" „Mhm, gleich.", presste Nea hervor. Dieser winzige Augenblick, den sie für diese Antwort benötigte, war zu lange und Molly beäugte sie misstrauisch. „Alles in Ordnung?" „Warum denn nicht?!", lächelte Nea gequält. Molly zuckte mit den Schultern und kippte die Tomaten in den Salat.

*** ***

Sie saßen bereits am Esstisch, als Alexander das Haus betrat und das Auto der Covets vom Hof rauschte. Das Geräusch der knirschenden Reifen zog Mollys Aufmerksamkeit auf sich: „War das Philipp?" „Nö, Victoria.", erwiderte Nea knapp. „Victoria?" „Jepp!" Alexander murmelte im Vorbeigehen etwas von: „... Händewaschen... komm gleich." „Was wollte Victoria hier?" Betont ahnungslos zuckte Nea mit den Schultern, nahm die Salatschüssel und konzentrierte sich mit starrem Blick darauf.

Schließlich nahm Alex am Tisch Platz und Molly erkundigte sich bei ihm bezüglich Victoria. Neugierig auf seine Antwort stocherte Nea auf ihrem Teller herum. „Wegen ihrer Stute, ob wir die für ein paar Wochen hier unterbringen können." „Warum das denn?" „Irgendwie wird der Stall neu gestrichen, gekalkt und die Stute ist extrem sensibel und soll da raus." Nea zog misstrauisch ihre dunklen Augenbrauen zusammen: „Und was hast du gesagt." Alex blickte finster zurück: „Was werde ich schon gesagt haben, dass ich das erst mit Molly klären muss." „Wollte Victoria nicht zum Essen bleiben?", fragte Molly unbedarft. „Ich weiß nicht. Hast du sie gefragt, Alexander?", erkundigte sich Nea mit einem giftigen Unterton. „Ihr habt euch schließlich länger und intensiver unterhalten!", forderte sie ihn heraus. Den Blick den sie erntete, war kalt und voller Zorn. „Tut mir leid, daran habe ich nicht gedacht, Molly." „Na, hoffentlich kreidet sie uns das nicht wieder an.", kratzte sich Molly an der Stirn. „Aber war klar, wenn du über Pferde sprichst, dann denkst du an nichts anderes mehr." „Tja, wenn man von einem Thema so eingenommen wird!", nickte Nea eifrig. „Da kannst du ja nicht mitreden, nicht!", das saß und Nea verstummte augenblicklich. Sie sah Alexander nach, der seinen Teller in die Küche räumte und anschließend die Treppen zum Obergeschoß hinaufeilte.

„Müsst ihr euch immer zanken?" Nea brachte gemeinsam mit Molly die Küche in Ordnung. „Manchmal denke ich mir, ihr mögt euch und versteht euch und dann gibt es so Situationen wie heute Abend und da bin ich froh, wenn ihr euch nicht zerfleischt." Nea umarmte Molly: „Tut mir leid, ich werde mich bemühen, nicht mehr so schnippisch zu sein!"

*** ***

Alenia war immer noch nicht von Mathew zurück und Nea war planlos, was sie allein anfangen sollte. Ihr brannte der ´Sattelkammer Vorfall` heiß unter den Nägeln. Sie beschloss, sich auf ihren Balkon zu setzen und auf ihre Schwester zu warten. Ihre Hand lag auf der Türklinke zu ihrem Zimmer, als sie plötzlich hart am Arm gepackt wurde. Alexanders Finger bohrten sich in ihren Oberarm und sie zuckte erschrocken zusammen. „Au, Alex, du tust mir weh!" „Egal, was in deinem kleinen, kranken Hirn vorgeht, das was du vorhin im Stall gesehen hast, geht dich nichts an!" Nea versuchte, ihren Arm zu befreien, doch sein Griff wurde dadurch noch fester. „Hast du mich verstanden, Nea?", zischte er. „Schämst du dich nicht? Arme Molly!", zischte sie zurück. „Wenn du Molly nur eine Silbe davon erzählst, dann...!" „Was dann?", sie nahm all ihren Mut zusammen. Sie konnte seine Wut fühlen, die Luft vibrierte förmlich. Nea rechnete mit einer Ohrfeige, doch Alex ließ ihren Arm los und verschwand fluchtartig. Adrenalin rauschte durch Neas Körper und sie zitterte, als sie sich in ihr Zimmer schob und hastig die Türe verschloss. Sie fühlte die Stelle, an der Alexanders Finger ihren Oberarm umschlossen hatten und als sie ihr Bad betrat und den Arm im Spiegel betrachtete, waren die Druckmale deutlich sichtbar. Irritiert und verstört sah sie ihrem Spiegelbild in die Augen. Sie wollte zurück in ihr langweiliges, geregeltes Leben. Nea mochte Molly, die Stadt, die Ranch, die Landschaft, doch diese anstrengende

Erbangelegenheit und jetzt auch noch das eigenartige Interagieren von Alex mit Victoria, das wollte sie alles nicht!

*** ***

Er hatte ihr wehgetan, sie viel gröber angegangen, als es seine Absicht war. Doch es war die einzige Möglichkeit sicherzustellen, dass Nea nicht zu Molly ging. Victorias Annäherung war dubios und Alexander wollte dahinterkommen, was das zu bedeuten hatte. Irgendetwas war faul, das konnte er bis tief in die Knochen spüren. Was hatten die Covets vor?

Er hatte Nea eingeschüchtert, sie musste ihn für den Teufel halten. Alex hatte wohl mit seinem Auftreten mehr erreicht, so dass die Zwillinge bald gar niemanden mehr vertrauten. Darin lag aber vielleicht auch die Lösung! Wenn sie sich hier nicht wohlfühlten, dann überschrieben sie im besten Falle Molly ihre Anteile des Erbes und verschwanden wieder nach Deutschland. Aus dieser Sicht hatte Alexander es noch gar nicht betrachtet. Doch wollte er, dass Alenia und Nea verschwanden?

*** ***

Seitdem ihre Stute, Belle, in einer der Boxen untergebracht war, verbrachte Victoria viel zu viel Zeit auf der Ranch. Das Tier war eine prämierte Zuchtstute und daher eine höchst lukrative Anlange für die Covets. Auch wenn Victoria freundlich war, erreichte ihr Lächeln nie ihre Augen und man fühlte sich von ihr ständig beobachtet. Philipps Besuche auf der Ranch hatten ebenfalls immer etwas Berechnendes, selbst wenn er vorgab, nach Alenia und Nea sehen zu wollen. Immer wieder wurde das Gespräch durch die Covets auf das Thema Erbe gelenkt. „Es muss für dich eigenartig sein, wenn du nicht weißt, was mit der Ranch passiert." „Wie meinst du das, Philipp?", hakte Molly nach, während sie Unterlagen in die zugehörigen Ordner ablegte. Philipp stand mitten im Büro. Eigentlich war er wegen der Versicherungspolice für die Stute seiner Frau vorbeigekommen, doch nun hielt er Molly von der Arbeit ab und nervte enorm mit seinen Fragen. „Na, wenn Nea und Alenia die Ranch verkaufen möchten, schließlich sind sie die Haupterben. Ich kenne mich da auch nicht so aus, aber stand im Testament nicht etwas von Vorkaufsrecht für dich, Alex und uns Covets?" Molly schob sich ihre rote Lesebrille in die Haare und stemmte die Hände frustriert in die Hüfte. „Die Mädchen werden die richtige Entscheidung treffen! Und wenn sie die Ranch wirklich verkaufen möchten, dann denke ich, dass sie sicher zuerst einen von uns fragen werden! So und nun muss ich weiterarbeiten, Philipp. Du hast die Bestätigung für die Versicherung – schönen Tag noch!" Kopfschüttelnd setzte sie sich zurück an den Schreibtisch, wo sich ein Berg an Rechnungsbelegen vor ihr ausbreite. Michaels Bruder zog eine Grimasse, murmelte etwas unter seinem nichtvorhandenen Bart, hob die Hand zum Abschied und verließ sichtlich unzufrieden den Raum.

Auf seinem Weg zum Auto traf er auf Alenia und Nea, die in alten Fotoalben blätterten. Die beiden hatten es sich auf der Veranda gemütlich gemacht. „Hi, Philipp.", grüßte Alenia freundlich, als ihr Onkel aus der Tür trat. Der schob seine Hände tief in die Hosentaschen der dunklen Anzughose und sah den Schwestern interessiert über die Schultern. „Was seht ihr euch an?" „Molly hat uns Fotos von Dad gegeben. So können wir vielleicht eine Bindung aufbauen, oder zumindest erhalten wir mehr Einblicke in sein Leben. Möchtest du mitschauen?" Philipp nahm die Hände aus den Hosentaschen, zog sich einen der weißen Stühle heran, setzte sich und besah die geöffnete Seite des Albums. Der Anblick seines toten Bruders versetzte ihm einen tiefen Stich im Herzen. Sie hatten die letzten Jahre nicht mehr viel miteinander gesprochen, doch die Erinnerung an eine unbeschwerte Kindheit rührte Philipp. Manchmal erschien ihm sein Leben wie eine Seifenblase, deren Hülle immer dünner wurde und nun kurz vor dem Bersten stand. Er wusste nicht, wann ihm das alles aus den Händen geglitten war. „Schau, Philipp! Da bist du mit Victoria!" Er schreckte aus seinen Gedanken und blickte auf das Foto, welches auf dem Grundstück der Covet Villa entstanden war. „Stimmt. Ich wusste nicht, dass Michael das Foto besitzt." Victoria,

Gott wie jung sie war und so wunderschön. Er hatte sich Hals über Kopf in sie verliebt, in dieses elfenhafte Wesen, mit dem starken Charakter. Es dauerte damals einige Zeit, bis sie auf seine Avancen reagierte, doch seine Hartnäckigkeit zahlte sich aus. „Ach seht nur, Michael in Uniform!" „Dad war ein attraktiver Mann. Kein Wunder, dass Mom sich in ihn verliebte.", sagte Alenia. „Du siehst ihm wahnsinnig ähnlich. Sieh dir nur die Augenpartie an!" Nea lächelte und strich sanft über das Foto. Alenia sah ihrem Vater sehr ähnlich und auch charakterlich waren, laut Molly, ebenso Parallelen vorhanden. Philipp begann zu überlegen, ob seine Kinder mehr Victoria, oder mehr ihm gleichgesehen hätten. Leider hatte es bei ihnen nicht mit Kindern geklappt, auch das hatte Michael ihm voraus. Es schien, als hatte sein älterer Bruder immer die Nase vorn. Wie oft hatte er die Frage seiner Mutter gehört, wann sich denn nun endlich der Nachwuchs einstellen würde und er konnte den Satz: ´*Wenn Michael die richtige Frau...*`, nicht mehr ertragen. Es war diese stumme Rivalität zwischen den Brüdern, ständig dieses Gefühl, besser als Michael sein zu müssen, dieser Vergleich durch die Eltern. Philipp hatte den Eindruck, dass er den Erwartungen nie gerecht wurde. Auch wenn Michael daran keine Schuld trug, hatte Philipp begonnen, seinen Bruder dafür zu hassen. Dieser Hass machte sich erneut in ihm breit und verdrängte die Trauer. „Es muss für euch doch seltsam sein, die Fotos zu sehen, aber trotzdem null Bezug, zu den abgebildeten Menschen zu haben. Geschweige denn, Zuneigung zu fühlen." „Aber so fügen sich Puzzleteile zusammen und alles wird greifbarer für uns." „Aber es ist doch trotzdem alles fremd hier. Ihr habt euer Leben in Deutschland. Ihr wurdet durch das Erbe ins kalte Wasser geworfen, plötzlich eine Ranch zu besitzen. Ich stelle es mir wahnsinnig schwierig vor, erst recht, wenn ihr wieder zu Hause in Deutschland seid. Da wird sich kaum die Möglichkeit finden, beide Leben unter einen Hut zu bekommen. Ihr könnt sicher sein, dass meine Familie und ich uns gut um die Ranch kümmern werden!" Er unterstrich seine Worte durch ein Nicken und ein verständnisvolles Seufzen.

Bis zum Heimflug der Zwillinge blieben noch wenige Tage und irgendwann mussten sie sich mit Molly, Alex und den Covets an einen Tisch setzen, wie es mit der Ranch weitergehen sollte. Die Hoffnung, dass Barbara Covet sie als Enkel akzeptierte, war mit dem ´Auftritt` in Michaels Elternhaus verpufft. Alenia und Nea blickten stumm auf Philipp, sahen auf die Seitc mit dem Bild ihres Vaters und schließlich war es Nea, die zuerst reagierte: „Molly macht ihre Sache hier toll und Alex gehört auch hierher. Wie es weitergeht, wissen Alenia und ich noch nicht. Philipp, das solltest du, wenn du wirklich so viel Verständnis für unsere Situation hast, einsehen." „Absolut!", hob Philipp beschwichtigend seine Hände und stand auf. Er überspielte die Wut, die sich in ihm bitter durch die Eingeweide fraß. „Ich bin nur ehrlich und zeige euch meine Bedenken auf, um euch Denkanstöße zu geben. Na, ja – wie auch immer – wir sehen uns. Nea – Alenia!" Philipp nickte zum Abschied, ging zu seinem Wagen, stieg ein und rauschte davon.

*** ***

Molly versuchte, sich auf die Büroarbeit zu konzentrieren, doch Philipps Worte hallten in ihrem Kopf nach. Sie wusste nicht, wie sich Alenia und Nea entscheiden würden. Es reichte nicht, dass Alexander Horrorszenarien aufzeigte, nein, jetzt kam auch noch Philipp Covet daher und verunsicherte sie. Hätte sie geahnt, was das Unterstellen der Zuchtstute für eine zusätzliche Unruhe auf das Anwesen brachte, dann wäre sie dagegen gewesen. Victoria verhielt sich seltsam, aber Molly konnte sich noch nicht erklären warum. Ihr fiel auf, dass Philipps Frau ein besonderes Faible für Alexander entwickelt hatte und Molly hoffte inständig, dass Alex darauf nicht einging. Sie rieb sich müde über die Augen und stützte ihren Kopf in die Hände. Bei einem hatte Alexander recht, dass sich die Zwillinge entscheiden mussten und sie konnte ihn verstehen, dass er Angst hatte, sein Zuhause, ein zweites Mal zu verlieren.

Die Entscheidung hing wie ein Damoklesschwert über ihren Köpfen und die Abreise der Geschwister rückte immer näher. So beschloss Molly, alle Parteien für ein klärendes Gespräch, am nächsten Vormittag einzuberufen.

*** ***

Anspannung lag in der Luft. Victoria und Philipp Covet fanden sich als letzte Gesprächspartei ein. „Bitte, entschuldigt unser verspätetes Eintreffen, doch Mutter fühlt sich unpässlich und konnte uns nicht begleiten.", erklärte Philipp. Alenia sah zu Nea und verdrehte die Augen. Das Nichterscheinen ihrer Großmutter war keineswegs überraschend und mit etwas anderem hatten die Zwillinge nicht gerechnet. „Vielen Dank, dass ihr trotzdem gekommen seid und ich hoffe, Barbara geht es bald besser. Danke auch dir Mathew, dass du uns mit deiner rechtlichen Expertise zur Verfügung stehst.", ergriff Molly das Wort. „Ihr Lieben, Michaels Tod hat uns alle aus der Bahn geworfen. Sein Wunsch war es, dass wir als ´Familie` wieder näher zusammenrücken und seine Töchter herzlich aufnehmen. Mein Problem ist, dass ich jeden Morgen aufstehe, mit dem Gedanken im Hinterkopf, was mit der Ranch und damit auch mir geschieht. Dahinter steckt keine Berechnung, oder Raffgier, sondern schlichtweg Angst." Unsicher sah sie zu Alexander: „Ja, so geht es mir ebenso." Er überlegte nach den richtigen Worten, um fortzufahren: „Ab nächsten Monat trete ich meinen Dienst im Paradise Valley Hospital an und kann damit Molly leider nicht mehr in dem Umfang bei der Arbeit unterstützen, wie ich es gerne möchte. Uns ist allen klar, dass wir uns einigen müssen, wie es mit der Ranch weitergehen soll, welches Ziel wir anstreben." Nervös blickte Molly zu Nea und Alenia: „Wir möchten euch nicht unter Druck setzen, aber es hängt vor allem von eurer

Entscheidung ab, was ihr mit dem Erbe plant." „Dass es hier nicht so weitergehen wird wie vor Michaels Tod, ist kein Geheimnis. Molly und ich möchten wissen, ob wir in ein paar Wochen noch ein Zuhause haben." Alexanders Blick zu den Schwestern war ernst und auch eine Spur herausfordernd. „Molly und Alex, diese Bedenken können wir euch definitiv nehmen. Ihr behaltet euer Zuhause. Nea und ich werden nicht an Fremde verkaufen, wenn wir überhaupt verkaufen!" Während Alenia weitersprach, taxierte Nea Victoria, um etwaige Reaktionen aus ihrer Mimik lesen zu können. „Wir haben keine Ahnung, was hier an Arbeit anfällt, was unser Vater mit der Ranch plante. Wir haben vor etwa einem Monat erfahren, wer unser leiblicher Vater war. Wir verstehen, dass ihr eine Antwort benötigt und es ist euer gutes Recht, diese einzufordern. Nea und ich können euch zum jetzigen Zeitpunkt die Angst nehmen, dass wir unser Erbe verhökern werden. Aber, wir bitten auch weiter noch um Geduld." Vor Aufregung hatten sich auf Alenias Wangen rote Flecken gebildet und sie suchte Bestätigung in Mathews Blick, der ihr zunickte und lächelte. Philipp zuppelte an seinem Krawattenknoten herum, der ohnehin schon perfekt saß und erhob sich von seinem Stuhl. Wollte er das Gespräch verlassen? „Das Gelände bietet beträchtliches Potenzial, wird aber nur minimal wirtschaftlich genutzt. Wir haben uns die letzten Tage ebenso mit der Situation auseinandergesetzt und diverse Szenarien durchgespielt. Nea und Alenia, uns ist, wie bereits einige Male erläutert, vollkommen klar, dass es eine abstruse Lage ist. Ihr habt euren Vater verloren und müsst nun zusätzlich die schwierige Entscheidung treffen, ob ihr ihm verzeihen könnt, sein Erbe annehmt, erhaltet und in euer bisheriges Leben integriert. Oder, ihr schließt damit ab und zieht wenigstens einen finanziellen Vorteil aus dieser Enttäuschung. Deshalb haben Victoria und ich einen interessanten Vorschlag zu unterbreiten, wohl für uns alle. Wir möchten, dass Michaels Arbeit und Erbe erhalten bleibt. Alenia und Nea sollen, wenn sie dies wünschen, eine Anlaufstelle haben, um ihrer ´neuen Familie` nahe zu sein. Darum ist unsere Idee, die Weiden und Ländereien durch uns Covets zu bewirtschaften und wir diese ganz nach dem Willen meines Bruders, zu den ertragreichsten Erfolgen führen. Das Ranch-Haus geht an euch - Molly, Alexander und natürlich Nea und Alenia. Unser Vorarbeiter für Viehzucht könnte sich eure Rinder beschauen und helfen, die ungeeigneten Tiere zu verkaufen, so dass eine Barrücklage aufgebaut werden kann. Molly, du musst zugeben, bei Pferden hast du ein gutes Händchen, aber Rinder sind nicht dein Fachgebiet." Es folgten Augenblicke des Schweigens. Das Abwägen Philipps Vorschlages stand in den Gesichtern. Mathew legte als Erster seine Überlegungen dar. „Mr. Covet, vielen Dank für ihren Vorschlag, der wirklich einen auch wirtschaftlich interessanten Aspekt, für die Ranch, darstellt. Natürlich müssen wir klären, ob ein finanzieller Ausgleich zu schaffen ist. Der Wert der Ranch und der Ländereien muss geschätzt werden." „Ich finde die Idee gar nicht übel. Wir müssten uns nicht mehr um Cowboys und Saisonarbeiter kümmern und eine enorme Last verschwände von meinen Schultern. Was meint ihr?", äußerte sich Molly. „Mathew, entstehen Kosten, wenn wir eine Schätzung beauftragen?", erkundigte sich Alexander. „Das kann ich über unsere Bank veranlassen!", bot Philipp enthusiastisch an. „Mr. Covet, das ist eine noble Geste, doch muss dies durch ein unabhängiges Unternehmen durchgeführt werden.", erklärte der Notar. „Kosten fallen im ersten Schritt noch nicht an, erst, wenn eine Aufteilung der Gewerke erfolgt, oder der Fall niedergelegt wird. Die Gebühren richten sich nach Aufwand und Wert der Ländereien. Wir sprechen, aus meiner Erfahrung, über Beträge zwischen 1.000.- Dollar und 2.000.- Dollar." „Ich bin für eine Schätzung! Wie steht ihr dazu?" Alexander nickte zustimmend und auch Alenia und Nea bejahten das Vorgehen. „Gut, dann beauftrage ich die Schätzung im Namen der Erbengemeinschaft." Mathew Hawkins, der sich mit diesen Worten erhob, verabschiedete sich von den Anwesenden und schlenderte in Alenias Begleitung zu seinem Auto.

Philipp und Molly fielen in ein Gespräch über Kälber. „Ich werde alle Kälber verkaufen. Außer du möchtest dir die Tiere ansehen, ob du Potenzial zur Zucht siehst, oder ob ihr welche davon haben möchtet.", reichte Molly sprichwörtlich die Hand, als Friedensangebot. „Dann schauen wir uns die Tiere an.", schlug Philipp vor. „Victoria, Liebes – möchtest du uns begleiten?" „Nein, Philipp ich werde nach Belle sehen, beziehungsweise erst helfen, die benutzten Gläser und Tassen abzuräumen.", lächelte sie süß.

Alexander stand auf, nahm ein paar Trinkgläser vom Tisch und schlurfte Richtung Küche, ohne Victoria weiter zu beachten. Mit ihrer Tasse in der Hand tänzelte diese ihm hinterher. Ihr roter Zopf wippte fröhlich bei jedem Schritt und verlieh ihrer Bewegung eine extra Portion Leichtigkeit. Nea blieb allein am Tisch zurück und zog einen genervten Schmollmund. Dann stand sie ebenfalls auf und näherte sich mit dem Rest Geschirr der Küchentür. Doch sie hielt inne, als sie Victoria schwatzen hörte.

*** ***

Victoria war mit dem Ergebnis der Besprechung weniger zufrieden. Für sie war es zu nichtssagend, zu laff und sie ließ nicht locker und bohrte nach, wie Alexander dazu stünde. Mit ihren schlanken Beinen, elegant an den Knöcheln überkreuzt, lehnte Victoria lasziv an der Arbeitsfläche und drehte eine dicke Strähne, ihres glänzenden, roten Haares, um ihre perfekt manikürten Finger. „... werden die Mädchen ihren Ranch-Anteil auf euch überschreiben? Ich vermute Alenia nicht, wenn das mit Mathew Hawkins etwas Ernstes wird." „Das kann ich dir nicht beantworten, da musst du selber fragen.", grummelte Alex. „Nea wird wieder zurück nach Deutschland gehen. Sie passt hier gar nicht her. Ein Mauerblümchen, wie ihre Mutter war.", kicherte Victoria. Nea hörte Alex sagen: „Unglaublich, dass die beiden Zwillinge sind – so unterschiedlich!" „Tja, dein Freund Matty war schneller und hat sich die weniger prüde Schwester gekrallt und für dich bleibt das `Blümchen-rühr-mich-nicht-an´. Oh, äußerst traurig.", ertönte ein hexenhaftes Lachen. Das war zu viel! Nea stieß die Küchentür auf und sah sich mit Victorias gleichgültigem, arrogantem, verächtlichem Gesichtsausdruck konfrontiert. Auch wenn Nea dachte, sie müsse vor Zorn explodieren, verebbte dieses Gefühl mit einem Schlag. Sie knallte die Gläser auf die Ablage, machte auf dem Absatz kehrt und verließ den Raum kommentarlos. Alexander erschrak, als er Nea hereinstürmen sah. Wie viel hatte sie von dem Gespräch gehört? Er sah eine enorme

Menge Hass in ihren Augen, der ihn wie ein Fausthieb traf. „Victoria, du solltest jetzt gehen!" „Wenn du meinst.", zuckte diese gleichgültig mit den Schultern.

Alex sah Victoria nach, wie sie das Haus verließ und kurz darauf mit Philipp in den weißen SUV stieg und davonrauschte. Das schneidende Gefühl von Schuldbewusstsein überkam ihn. Seine Taktik entglitt ihm zusehends, dies zugunsten Victoria und auf Kosten von Nea!

*** ***

Am Abend saßen sie um ein Lagerfeuer und ließen den ereignisreichen und anstrengenden Tag bei einem kühlen Bier ausklingen.

Molly streckte sich und gähnte: „So, ich geh ins Bett. Gute Nacht und löscht das Feuer dann vollständig." Nea nippte an ihrem Getränk und verfolgte das Züngeln, der friedlich lodernden Flammen. Alenia hielt einen Marshmallow über das Feuer. Mathew flüsterte ihr etwas ins Ohr, sie schmiegte sich an ihn, lächelte zufrieden, während er ihr einen Kuss auf die Stirn gab und seinen Arm um sie legte. Alenia wirkte glücklich und Nea war froh darüber, dass sich die Reise wenigstens für ihre Schwester positiv entwickelte. Funken stiegen wie Glühwürmchen in die Nacht und verschwanden. Alex drehte seine Bierflasche zwischen seinen Handflächen und in seinen Augen waberte das Feuer und wirre Schatten huschten über sein Gesicht.

Nachdem Nea das heutige Gespräch zwischen Victoria Covet und Alexander belauscht hatte, stand für sie fest, dass sie nach der Abreise nicht so schnell, wenn überhaupt, auf die Ranch zurückkehren würde. Sie wollte daher keinen Streit und zwang sich zu einem normalen Umgangston mit Alexander, schon allein wegen Molly. Es kostete Überwindung, als sie ihn ansprach: „Wann trittst du deine Stelle im Krankenhaus an?" Alex schreckte aus seinen Gedanken: „Zum Ersten – kommenden Monat!" „Das erleichtert das Leben für Molly ungemein, wenn du in der Nähe bleibst." Er nickte zaghaft. „Manchmal schon verrückt, was alles passiert und wie schnell sich ein Leben verändert." Nea lachte trocken. „Wem sagst du das!"

Die Müdigkeit zog massiv durch Neas Knochen. Sie trank den letzten Schluck Bier aus ihrer Flasche und wollte ins Bett, als Leni vorschlug, ´Wahrheit oder Pflicht` zu spielen. „Kommt schon, das wird bestimmt lustig! So lernen wir uns besser kennen." Nea rümpfte missbilligend die Nase: „Ich geh ins Bett." Auch die Männer waren alles andere als begeistert. Doch Alenia ließ nicht davon ab und nach einigem Gezeter setzte sie ihren Willen durch und eine leere Bierflasche wurde gedreht. Natürlich stoppte diese vor Nea. „Wahrheit oder Pflicht?", grinste ihre Schwester erwartungsfroh. „Wahrheit.", schnaubte Nea phlegmatisch. „Ok, Jungs. Was möchten wir wissen?" Alex und Mathew zuckten gelangweilt die Schultern. „Mensch, seid ihr öde!", beschwerte sich Alenia. „Dann frage ich! Nea, stehst du auf Nick?" „Den Barkeeper? Er ist nett, ok süß, aber auf ihn stehen – nein!" Sie schüttelte energisch den Kopf. In diesem Moment traf sich ihr Blick mit Alexanders und sie sah rasch zu Boden. „Dreh´ die Flasche, Nea!" Matty war der nächste Kandidat. „Wahrheit oder Pflicht?" „Wahrheit." Alexander begann zu schmunzeln. „Mathew, ekelt es dich inzwischen wirklich vor Schlangen, oder wolltest du mit deiner Aussage nur Alenia gefallen?" „Ok, ok... ich habe es wegen Leni gesagt.", hob Mathew kapitulierend seine Hände.

Sie lachten, tranken ein weiteres Bier und spielten einige Runden. „Alex, Wahrheit oder Pflicht?" „Ich bin mutig –

Pflicht!" Dafür erntete er Applaus. „Ich weiß was!", grinste Alenia schelmisch. „Wir verbinden dir die Augen. Nea und ich küssen dich und du musst erraten, wer es war." Erschrocken zuckte Nea zusammen. „Es soll doch eine ´Pflicht` für Alex sein und nicht für uns!" „Leni, ich finde das auch keine gute Idee!", erklärte Mathew. „Ach, kommt schon. Seid keine Spielverderber." „Das hat doch nichts mit dem Spiel zu tun!", blaffte Nea. Alenia hopste zu ihr, nahm sie in den Arm: „Entspann dich Nea, das ist doch lustig." „Total! Ich lach mich schlapp!" „Hast du Angst, dass Alex dich beißt?", kicherte Alenia. Alex klopfte sich auf die Oberschenkel und erhob sich: „Also, ich bin bereit!" „Yeah, super Idee, Leni!" Doch davon ließ sich ihre Schwester nicht beeindrucken, zog ihr Tuch vom Hals und verband Alexander damit die Augen. „Siehst du noch etwas?" „Nein!" „Wehe, du schummelst." Nea sah stumm zu und verspürte leise den Fluchtinstinkt in sich erwachen. Allerdings musste sie zugeben, dass der Anblick amüsant war, wie Alex mit verbundenen Augen dastand. Nichts ahnend, was gleich passieren würde. Nea kam die Idee, ihn einfach so stehen zu lassen und ins Bett zu gehen. Doch das würde Alenia sicher nicht für Gut heißen. „Alex, bereit für Kuss Nummer Eins?" Mathew schob Nea Richtung Alex. Verzweifelt sah sie ihre Schwester an, die sie mit Gesten aber ebenfalls ermutigte. Nea zog einen Flansch, stellte sich auf die Zehenspitzen und hauchte Alexander einen Kuss auf den Mund. Er zuckte, als sich ihre Lippen berührten, aber alles ging so schnell, dass keine Zeit für eine Reaktion blieb. Schnell huschte Nea zur Seite und gab Alenia Platz für ihren Kuss. Doch diese schüttelte den Kopf und deutete, dass Nea Alex auch das zweite Mal küssen solle. „Ok, es folgt Kuss Nummer Zwei." Matty kicherte. „Ich warne dich, Mathew, wenn du das gerade warst, der mich geküsst hat.", grollte Alex und wischte sich über den Mund. „So unwiderstehlich bist du nun auch nicht!" Leni drängte ihre Schwester erneut, doch Nea weigerte sich vehement. Sie verlor das Gleichgewicht und bekam Alexanders Arme zu greifen. Er schwankte, machte einen Schritt rückwärts und bekam Nea zu fassen. „Och, jetzt weißt du ja wer´s ist.", empörte sich Alenia. Alex zog die Augenbinde weg, blinzelte einige Male und sah auf Nea hinab, die blitzartig ihre Hände von seinen Armen nahm und beschämt an ihren Platz zurückkehrte. Ihre Kopfhaut prickelte und sie spürte seinen Blick in ihrem Rücken. Hastig öffnete sie eine frische Bierflasche und trank davon, um dieses seltsame Gefühl zu vertreiben. „Dann war der erste Kuss wohl von dir, Alenia?" „Vielleicht!", zwinkerte diese kess. „Ich geh ins Bett.", grummelte Nea, nahm ihre leeren Flaschen und ging Richtung Haus.

*** ***

Leise ging Nea in die Küche und stellte die Flaschen auf den Tresen. Ihr Kopf war schwer und ihr war vom Alkohol schwindelig. Durst brannte in ihrer Kehle und sie füllte sich ein Glas Wasser und trank gierig. Währenddessen dachte sie an die peinliche Situation am Feuer zurück. Warum konnte sie nicht etwas mehr wie Alenia sein? Selbstbewusst, direkt, cool, etc. Was war denn schon dabei, bei ´Wahrheit oder Pflicht` jemanden zu küssen? Jemanden war gutgesagt. Alexander Christopher Warren! Nea hatte noch nie einen Mann erlebt, der sie so einschüchterte, oder aus dem Konzept brachte wie er. Von Anfang an war da seine feindselige Haltung, mit der sie nicht klarkam, dann seine Stimmungsschwankungen, die er an den Tag legte. Nicht zu vergessen, diese ominöse Vertrautheit mit Victoria Covet.

Gedankenverloren strich Nea mit den Fingerspitzen über ihren Mund und hörte, wie die Eingangstüre geöffnet und dann unter Kichern wieder geschlossen wurde. „Gute Nacht!", wurde geflüstert und das Knarzen der Treppenstufen war zu vernehmen. Alenia lachte leise und dann war es wieder still im Haus.

Nea leerte das Wasser, stellte das benutzte Glas in die Spüle und wandte sich zum Gehen. Ihre Bewegung fror ein, als sie sich mit Alex an der Küchentür konfrontiert sah. Die Arme über der Brust verschränkt, eine Schulter lässig an den Türstock gelehnt, seine Augen glitzerten und ein süffisantes Lächeln umspielte seinen Mund. „Gute Nacht, Alex." Mit diesen Worten schob sich Nea schnurstracks an ihm vorbei. Sie erreichte fast die Stufen, als er plötzlich sagte: „Du schuldest mir noch was." Nea drehte sich verdutzt um. „Bitte?" Er kam auf sie zu, wobei er seine Arme senkte und die Hände in die Hosentaschen, seiner dunklen Jeans, schob. „Ich warte noch auf deinen Kuss, Nea." Ihr schoss das Blut in die Wangen und ihr Puls beschleunigte sich rapide. „Wie deine Schwester küsst, weiß ich. Aber du?" Er trat noch näher an sie heran, so dass sie den Kopf in den Nacken legen musste, um ihm in die Augen zu blicken. „Alex, das Spiel ist vorbei und dabei sollten wir es auch belassen. Falls es dich interessiert, war mein Kuss der Erste. Also, musst du zu Alenia, von wegen ´Schulden`!" Er strich sich mit einer Hand nachdenklich über seinen Bartschatten. „Hm, das soll ich glauben?" „Alex, das ist mir einerlei. Nacht!" Kopfschüttelnd drehte sie sich zur Treppe, wurde aber von Alex´ festem Griff um ihr Handgelenk zurückgehalten. Ehe Nea protestieren konnte, trafen seine Lippen auf ihre und er küsste sie. Sie wehrte sich nicht. Sie war viel zu perplex und vom Alkohol benebelt. Alex löste seine Hand von ihrem Handgelenk, legte seine Hände an Neas Hüfte und zog sie dicht an sich. Anstatt ihn wegzustoßen, schlangen sich ihre Arme um seinen Hals und sie schloss die Augen. Sie hörte ihr Blut in den Ohren rauschen, ihre Nerven waren auf das Äußerste gespannt und sie zerfloss buchstäblich in seinen Armen. Eine Tür knarrte im Obergeschoß. Erschrocken lösten sich Alex und Nea voneinander. Ihr war schwindelig, sie musste sich am Treppenlauf einhalten und rang nach Luft. Sie lauschten angestrengt nach oben, doch von dort kam kein Laut mehr. Alex griff nach Neas Hand und zog sie die Stufen hinauf zu ihrem Zimmer. Er öffnete die Tür und schob sie sanft hindurch: „Ich will mehr, Nea.", hauchte er. Seine Lippen fanden erneut ihren Mund und sie fühlte sich von Empfindungen übermannt, von denen sie bis jetzt nicht wusste, dass sie existierten. Er drängte sie zum Bett, zog sie aus, bedeckte sie mit Küssen. Neas Kopf verlangte nach Vernunft, doch ihr Herz, aber vor allem ihrem Körper war es durchweg egal, was der Kopf wollte. Ihre Finger gruben sich in Alexanders Schulter und sie gab sich dem Verlangen hin, dem atemberaubenden Gefühl von Haut an Haut.

*** ***

Nea erwachte alleine in ihrem Bett und fröstelte, als ein Hauch kühlen Morgenwindes durch die geöffnete Balkontüre hereinstrich und über ihren nackten Körper glitt. Nur in Bruchstücken erinnerte sie sich daran, dass Alex die Türe in der Nacht öffnete. Sie hatten den Singzikaden gelauscht, denen die Hopi-Indianer die Kraft der Unsterblichkeit zusprachen. Fasziniert hörte sie Alexanders Erzählung darüber, mit der sie nach und nach in den Schlaf driftete. Nea wusste nicht, wann Alex gegangen war. Sie hatte so tief und fest geschlafen wie schon lange nicht mehr. Sie zog sich die Zudecke über die Schultern, kuschelte sich in die weichen Kissen und gab sich den Fetzen der prickelnden Erinnerung hin, die sich vor ihrem geistigen Auge wiederholten. Jede Faser ihres Körpers konnte Alexander noch fühlen. Doch je mehr Sonnenstrahlen den Raum mit hellem, gleisendem Licht fluteten, desto mehr wurde die Nacht durch die Realität verdrängt. Die Gegenwart holte Nea ein und sie fragte sich, wie sie mit der Situation umgehen sollte. Wie reagierte Alex? Was bedeutete für ihn diese Nacht? Sie gab dem Alkohol die Schuld und verbuchte die Nacht unter der Kategorie ´One-Night-Stand`. Dies war ihr Betrachtungswinkel und damit konnte sie sich arrangieren.

*** ***

Mathew lehnte an Goblins Box, unterdessen Alexander neues Stroh darin verteilte. „Mir explodiert der Schädel Matty, wenn ich nicht bald das Grübeln aufhöre. Ständig kreisen meine Gedanken um die Ranch und wie es weitergeht. Ich habe ein Problem damit, dass die Zukunft des Anwesens nicht in meiner Hand liegt, oder in Mollys. Was, wenn Alenia und Nea ihre Anteile an die Covets überschreiben wollen?" „Das denkst du doch nicht wirklich, oder? Sie haben doch klipp und klar gesagt, dass ihr auf der Ranch wohnen bleibt. Sie wissen nur nicht, ob sie das Erbe, in Form von Wohn- und Bleiberecht, antreten, oder alles hier hinter sich lassen möchten. Was ich nicht hoffe! Aus diesem Grund, in Kombination mit Philipps Vorschlag, haben wir die Schätzung des Anwesens beauftragt. Du musst Alenia und Nea Vertrauen schenken!" „Das sagst du so leicht. Philipp schleicht hier die ganze Zeit herum und macht einen auf verständnisvollen Onkel. Victoria flirtet mich massiv an und versucht ständig herauszufinden, was mit der Ranch Sache ist, oder mich auf ihre Seite zu ziehen. Irgendwas ist faul hier und stinkt zum Himmel! Was das ist, versuche ich herauszufinden. Aber ich befürchte, dass mit dem Vertrauen, habe ich bei Nea ordentlich verbockt." „Wie das?" „Nea hat mich mit Victoria in einer verfänglichen Situation gesehen, ertappt, nenne es wie du willst. Daraufhin habe ich sie bedroht, damit sie Molly nichts davon sagt. Dann hat sie wohl gehört, wie ich mit Victoria über sie gesprochen habe und das nicht unbedingt positiv.

Sie muss mich für ein Scheusal halten!" Der junge Arzt raufte sich die Haare. „Als könnte alles nicht noch schlimmer werden, ...", er gab einen verzweifelten Laut von sich: „Mat, du musst versprechen, niemanden etwas zu sagen, auch nicht Alenia!" „Das klingt übel, Alex!" „Es ist auch übel, Mat. Ich denke, ich mag Nea mehr, mehr als ich es mir eingestehen will." „Das ist doch grandios..." „Halt jetzt mal die Klappe und hör zu. Fuck! Am Abend, nachdem wir am Lagerfeuer saßen, habe ich mit Nea geschlafen. Ich kenne sie viel zu wenig und kann sie nicht einschätzen, was sie von dem ´One-Night-Stand` hält. Ob sie denkt, dass ich sie wegen der Ranch nur um den Finger wickeln wollte." „Und du denkst, wenn du sie wie ein Kotzbrocken behandelst, dann löst sich das Problem von allein, oder wie?" „Ja, dachte ich zuerst. Nach der Nacht gehe ich ihr aus dem Weg, so gut es geht! Meine Gefühle fahren Achterbahn und das kann ich gar nicht brauchen!" „Wie verhält sich Nea dir gegenüber?" „Normal, denke ich!" „Wie wäre es, wenn du mit ihr sprichst?" Plötzlich hob Alex die Hand und Mat verstummte. „Hast du das gehört? War da nicht ein Geräusch?" Sie lauschten angestrengt in die Stille, welche nur durch das friedliche Fressgeräusch der Pferde durchbrochen wurde. Alex zuckte die Schultern: „Habe ich mich wohl getäuscht!"

Die Stalltüre schloss sich lautlos hinter Victoria Covet, die hämisch grinsend das Gebäude verließ.

*** ***

„Nea, bitte!" „Molly, kann das nicht Alex machen?" „Nea, ich weiß, du bist weder ein großer Fan von Victoria, was ich übrigens gut verstehen kann, noch von Belle. Aber du würdest mir wirklich, wirklich helfen, wenn du die Box der Stute kontrollierst und nach dem Rechten schaust." Flehend blickte Molly vom Bürostuhl aus auf Nea, die wenig begeistert an der Türe stand. „Aber, Molly, kann das nicht Alex?" „Alex treibt die verkauften Kälber zusammen, die in Kürze abgeholt werden. Ich warte auf einen dringenden Anruf und deine Schwester ist für mich beim Einkaufen. Also, bitte-e!" „Ok!", schnaubte Nea und schmollte.

Sie schimpfte leise vor sich hin, als sie über den Hof zum Stall stiefelte. Victorias Stute akklimatisierte sich nur schleppend in der neuen Umgebung. Behutsam trat Nea an die Box und sprach ruhig auf sie ein. Trotz des vorsichtigen Auftretens, riss das Tier den Kopf in die Höhe, legte die Ohren an und tänzelte nervös umher, als die Tür geöffnet wurde. Es dauerte einige Augenblicke, bis Belle schnaubte und dann zögernd den Kopf Richtung Nea streckte, die starr am Eingang verharrte. Angespannt wich die Luft aus Neas Lunge und sie öffnete ihre linke Handfläche, auf der einige Karottenstücke lagen. „Ich bin es doch nur. Schau, ich habe dir etwas mitgebracht." Belle blähte ihre Nüstern, schnupperte und knabberte das Gemüse aus Neas Hand. Während das Tier fraß, trat Nea an die Stute heran, legte ihre freie Hand an den Hals und streichelte das weiße Fell.

„Du musst doch keine Angst haben. Warum bist du so nervös? Oder, bist du so unzugänglich wie deine Besitzerin?" Nea vernahm Schritte im Stallgang und kurz darauf stand Victoria Covet vor der Pferdebox. Erstaunt blickte diese auf Nea, die sich zu einem freundlichen Lächeln zwang. „Hallo, Victoria. Molly bat mich, nach Belle zu sehen." Mit Victorias verwundertem Gesichtsausdruck, überkam Nea das Gefühl, sich rechtfertigen zu müssen und sie verließ unaufgefordert die Box. Victoria taxierte Nea, ehe sie mit nur einer fließenden Bewegung zu ihrem Tier trat. Abneigung lag in der Luft. „Fremde mag Belle nicht und sie reagiert sonst aggressiv. Es wundert mich, dass du dich ihr nähern konntest." „Wenn du jetzt da bist, Victoria, kümmerst du dich um die Tränke und füllst Streu nach?" „Dafür bin ich nicht da und ich denke, auch nicht zuständig! Ich werde Belle etwa eine Stunde bewegen. Dann hast du genügend Zeit, das zu erledigen!" Stolz führte Victoria ihre Stute an Nea vorbei. „Was habe ich dir eigentlich getan, Victoria?" Philipps Frau blieb stehen, doch machte sie sich nicht einmal die Mühe, sich bei ihrer Antwort Nea zuzuwenden. „Was solltest DU mir getan haben? Was könntest DU mir tun?" Victoria lachte höhnisch. „Schätzchen, die Welt dreht sich nicht um dich, auch wenn du das nach dem Sex mit Alexander denkst. Aber glaube mir, deine Schwester und du werden hier ebenso schnell verschwinden, wie es eure Mutter damals tat!" Victoria tätschelte ihrer Stute den Hals und ging weiter.

Nea erreichten die harten Worte schleppend. Die Vermutung, dass Victoria mehr über die Trennung ihrer Eltern wusste, hatte sich mit dieser Aussage bestätigt. Doch als hätte dies nicht schon als ´Schlag ins Gesicht` ausgereicht, war die Tatsache, dass sie über den ´One-Night-Stand` Bescheid wusste, eine kaum zu überbietende Widerlichkeit. Nea ballte ihre Hände und ihre Unterlippe bebte unkontrolliert. Ihre Augen füllten sich mit Tränen. Der Schock saß tief und Victorias gehässige Worte klangen quälend in ihr nach. Wie konnte es Alexander wagen, ausgerechnet Victoria davon zu erzählen? Nea widerte der Gedanke an, dass die beiden wirklich etwas miteinander hatten. Aus dem Schock wurde Wut und ihr Körper produzierte Adrenalin. Nea hastete wütend aus dem Stall. Sie wollte Alex zur Rede stellen! Er war ihr eine Erklärung schuldig!

*** ***

Voller Zorn stampfte Nea den Weidezaun entlang, auf das Gatter zu. Was bildete sich der Typ ein? Mit dieser Aktion hatte er es unwiderruflich geschafft, dass Nea der Ranch und dem Erbe den Rücken kehrte. Ja, sie hatte keine Ahnung vom Leben auf dem Lande, aber das war doch kein Freibrief für Alex, ihr Vertrauen zu missbrauchen. Wenn sein Ziel war, sie von hier zu vergraulen, hatte er es damit erreicht! Aber vorher wollte sie ihm die Meinung sagen! Sie riss das Gatter auf und steuerte direkt auf den unsensiblen Fatzken zu, der mit dem Rücken zu ihr, auf dem riesigen, schwarzen Hengst saß. Nea hatte Angst vor dem Pferd, aber die Wut machte sie mutig. Sie konnte sich nicht erinnern, jemals so zornig gewesen zu sein. Kurze, harte Atemzüge ließen ihren zierlichen Körper vibrieren und sie zitterte unter der enormen Gemütsbewegung. Einige der jungen Kälber liefen links und rechts an ihr vorüber und beäugten sie neugierig. Alexander trieb in diesem Moment Goblin zur Wendung und preschte auf Nea zu. „Was fällt dir ein…", schrie sie ihm barsch entgegen, doch Alexander fuhr ihr in die Parade: „Sag mal, bist du bescheuert?", eilig galoppierte er an ihr vorbei. Nea drehte sich um und stemmte die Hände in die Hüfte. „Oh, Mist!" Das Gatter stand sperrangelweit auf und einige der Jungtiere waren fast entwischt.

Mit einem Ruck kam der Hengst zum Stehen. Im gleichen Augenblick sprang Alexander aus dem Sattel und baute sich vor Nea auf, packte sie am Arm und schrie: „Was soll das?

Möchtest du uns vollkommen ruinieren? Wie blöd muss man denn sein?" „Ich ... ich ...", würgte Nea hervor. „Was ich - ich?", blaffte Alex zurück und seine Augen funkelten böse. Nea fühlte sich machtlos und keifte ihn an: „Ich hasse dich und ich verfluche die Nacht mit dir, du ekelhaftes Scheusal!"

Sie wollte nur noch weg, riss sich aus seinem Griff los, rannte zurück zum Haus. Cookie hob verwundert den Kopf und trottete hinter Nea her in ihr Zimmer. Sie kauerte sich auf den Boden vor ihrem Bett und weinte. Ihr ganzer Körper bebte unter ihrem Schluchzen. Cookie stupste sie mit seiner weichen Schnauze an und Nea vergrub ihr Gesicht in dem weichen Fell. Enttäuschung ergoss sich erbarmungslos und schmerzhaft in ihr. Die Enttäuschung darüber, dass sich der Wunsch nach Familie nicht erfüllte, die Enttäuschung, dass sie hier nicht her passte und vor allem die Enttäuschung, dass Alex sie in der Nacht benutzt hatte und sie sich benutzen ließ.

Irgendwann schlief Nea vor Erschöpfung ein und erwachte aus einem unruhigen Schlaf. Der Schweiß rann ihr das Brustbein entlang, ihr Herz pochte wie wild, als wollte es aus ihrem Körper springen. Sie richtete sich auf, schüttelte ihren Kopf und ordnete ihre Gedanken. Cookie schlief ruhig und fest neben ihr. Für Nea war klar, dass sie nicht mehr auf der Ranch bleiben wollte und auch nicht bleiben konnte. Mit klammen Gliedern erhob sie sich und warf ihren Koffer aufs Bett. Nea war es egal, was Alenia machen würde, ob sie blieb, oder mitkam – für Nea war klar, sie flog heute nach Hause. Alexanders zorniger Blick tauchte wieder vor ihrem geistigen Auge auf. Seine Worte waren eindeutig und machten ihr klar, dass sie hier nichts zu suchen hatte und auch nicht erwünscht war!

*** ***

„Nea, überleg es dir doch noch einmal!", flehte Alenia. „Leni, ich will heim." „Aber Maus, ich brauch dich doch!", bettelte ihre Schwester. Energisch schüttelte Nea den Kopf. „Alenia, du hast Molly und Mathew. Du kommst die letzten drei Tage gut ohne mich zurecht." Matty stand neben den beiden Frauen und verfolgte schweigend das Gespräch. „Ist etwas passiert, dass du so plötzlich abreist?", wagte er schließlich zu fragen. „Hat es mit den Covets zu tun? Oder mit Alex?" „Das musst du deinen Freund schon selber fragen!", gab Nea schroff zur Antwort. Ihr Flug wurde aufgerufen. „Wir sehen uns am Samstag, Leni. Mathew, pass auf Alenia auf und wegen dem Erbe, gebe ich dir Bescheid." Nea umarmte ihre Schwester, drehte sich um und ging ohne einen weiteren Blick zu ihrem Flieger, der bald darauf in den Sonnenaufgang über den Camelback Mountains abhob.

Teil 2
Zenit

*** ***

Es dauerte, bis Nea den Jetlag überstanden hatte und zurück in den Alltag fand. Immer wieder dachte sie an den Streit mit Alex und überlegte, ob sie überreagiert hatte. Doch dann erinnerte sie sich an Victorias gehässigen Worte und die damit verbundene Niederträchtigkeit Alexanders. Zorn wallte erneut in Nea auf. Sie war enttäuscht, verletzt und traurig und das würde sich nicht von heute auf morgen legen.

Alenia, die wenige Tage später in Nürnberg ankam, kämpfte mit Trennungsschmerz und nutzte jede sich bietende Gelegenheit, um mit Mathew zu schreiben, zu telefonieren, oder zu skypen.

Neas schlechte Laune blieb nicht unbemerkt und so unternahm Alenia einige Male den Versuch, herauszufinden, was ihre Schwester zur überhasteten Abreise aus Phoenix getrieben hatte. Sie stellte aber schnell fest, dass Nea nicht darauf einging und das Thema verweigerte. Schließlich resignierte Alenia und ließ Nea in Ruhe.

Die Reise nach Phoenix hatte das Leben der Zwillinge ordentlich durcheinandergebracht. Wie ging es nun weiter? Was sollten sie mit dem Wunsch und dem Erbe ihres Vaters unternehmen? Die Schwestern waren sich uneinig mit der Vorgehensweise ihrer Erbteile. Wie sollte sich dann die komplette Erbengemeinschaft einigen?

*** ***

Notar / Testamentsvollstrecker
Mathew Hawkins
...

Juni 16, 2019

Vermögensermittlung „Covet Ranch"

Sehr geehrter Mr. Hawkins,

als Anlage erhalten Sie heute, die von Ihnen in Auftrag gegebene Ermittlung der Grundstücks- und Immobilienwerte, zum Zwecke der Erbabwicklung. ...

Objekt:	Covet Ranch
Nr.:	8252/2019
Baujahr:	1993
Bauherr:	Michael Covet
Grundstücksfläche:	12 Acre (50.000 m² EU)
Nutzung:	Pferdezucht und Nutztierhaltung

Auf der Grundstücksfläche sind diverse Tierweiden angelegt, die im Moment auch zu diesem Zweck, als Weideflächen, für Kühe und Pferde genutzt werden.

Für die Pferde steht zusätzlich ein Stallgebäude zur Verfügung, welches mit 20 Tierboxen, einer großen Sattelkammer und einer Futterkammer ausgestattet ist. Angrenzend, ohne direkte Verbindung zum Stall, wurde das Haupthaus errichtet. Dieses kann mit 6 Schlafzimmern, 5 Bädern und dem unverbauten Blick auf Pinacle Peak und Troon Mountain, als zentrales Highlight des Grundstückes genannt werden. ...Aufgrund der aktuellen expansiven Marktsituation unbebauter Flächen, empfehlen wir ein 1 zu 1 (1/1) Verhältnis, der bebauten und unbebauten Teile, des Grundstückes, anzusetzen. Für das Haupthaus, mit den angrenzenden Stallungen, setzen wir einen Wert von Mio. 1,25 Dollar (1.250.000,00 $) an. Dem entsprechend veranschlagen wir für die unbebauten Teile des Grundstückes, mit dem vorhandenen Viehbestand, ebenso diesen Wert.

Der Gesamtwert der Schätzung des Objektes Nr. 8252/2019 beläuft sich somit auf Mio. 2,50 Dollar (2.500.000,00 $).

Wir danken Ihnen für Ihren Auftrag. Für Rückfragen stehen wir Ihnen ...

*** ***

Molly wusste, dass die Ranch viel wert war. Als sie nun aber die Schätzung schwarz auf weiß in Händen hielt, musste sie sich doch erst einmal setzen. Mit den Zahlen wurde ihr noch mehr die Verantwortung bewusst, die auf ihren Schultern lastete. Sie seufzte laut, rieb sich angespannt über die Stirn und überlegte, wie sie das Alles hier fortführen sollte. Alex arbeitete seit einigen Wochen im Krankenaus in Phoenix und half tatkräftig auf der Ranch, wo es nur ging. Die Cowboys für die Saison waren eingetroffen und erledigten ihre Arbeit tadellos. Durch die jahrelange Zusammenarbeit fühlten sich die Arbeiter der Covet Ranch verbunden und waren Molly gegenüber äußerst loyal und integer. Doch Molly verlor immer mehr den Überblick, was mit dem Vieh gemacht werden musste. Wo waren Reparaturen von Nöten? Ganz zu schweigen, von den Rechnungen, die ständig ins Haus flatterten. Deprimiert und zusammengesunken saß sie am Tresen und studierte konzentriert die Papiere in ihren Händen, die Mathew Hawkins vor wenigen Minuten abgegeben hatte. Ihr entging sogar das Öffnen der Küchentür und dass Alex den Raum betrat. Als er Molly am Frühstückstresen sitzen sah, ihr Blick starr und voller Sorge auf ein Schreiben gerichtet, erschrak er. Sie sah so unendlich müde aus. Dunkle Augenringe zeugten von unzähligen schlaflosen Nächten, die Sorgenfalten gruben sich tiefer in ihr Gesicht und sie hatte einiges an Gewicht verloren. Wie lange hielt Molly das noch durch? Sie gelangte immer mehr an ihre körperliche und psychische Grenze. Sie glich nur noch einem Schatten ihrer selbst. Alex wusste, es musste schnell eine vernünftige Lösung für die Ranch gefunden werden. „Hi Molly, was liest du denn da Interessantes?" Sie fuhr erschrocken hoch. „Ah! Alex! Du hast mich erschreckt! Ich habe dich nicht hereinkommen gehört. Matty hat die Schätzung vorbeigebracht. Hier dein Exemplar." Alexander nahm das Kuvert entgegen, riss die Lasche auf und zog das Dokument heraus. „Setz dich besser!", empfahl ihm Molly. „So schlimm?" Er folgte ihrer Empfehlung und schob sich auf einen Hocker, während er sich den Zahlen widmete. Was darauf folgte, waren endlose Minuten des Schweigens. Alex legte die Seiten auf den Tresen und strich imaginäre Falten aus dem Papier. „Und nun?" „Ich weiß es nicht, Alex." „Haben Philipp und die Zwillinge die Schätzung auch erhalten?" „Philipp ja. Nea und Alenia erhalten vorab per Mail das Schreiben und das Original geht ihnen per Post zu. Denkst du, wir sollten uns noch einmal zusammensetzen?" „Molly, du darfst mit jetzt nicht falsch verstehen. Du weißt, ich bin nicht Philipps bester Freund, aber wir müssen einen Kurs finden, der dich hier entlastet und mit Michaels letztem Willen konform ist. Wir sollten Philipps Vorschlag, den Teil der Ranch, mit den Weiden und der Rinderzucht, an ihn, bzw. die Covets zu übertragen, in Betracht ziehen." „Du denkst also auch, dass ich es nicht schaffe." „Molly ..." „Nein, Alex, das war keine Frage, oder Vorwurf. Ich merke selber, dass ich erschöpft, müde und ausgebrannt bin. Es war eine persönliche Feststellung!" Alex griff nach ihrer Hand und drückte diese leicht. „Du musst an dich denken!"

*** ***

Wusstest du, dass Nea einen Freund hat?" Molly schloss das Gatter der Koppel. „Wie? Freund?" Alexanders Blick schoss ruckartig zu Molly. „Ja, Alenia hat erzählt, dass sich Nea mit einem … Warte! Wie war der Name? Nick! Mit einem Nick trifft." Alex kickte einen Kiesel vor sich her und vergrub seine Hände tief in den Hosentaschen. Er dachte an den Streit mit Nea zurück und er wusste, dass er an ihrer voreiligen Abreise die Schuld trug. Seitdem war aber das Thema nicht mehr angesprochen worden. „War schon seltsam, als Nea Hals über Kopf abgereist ist. Vielleicht hängt es mit diesem jungen Mann zusammen.", sinnierte Molly. „Ich hoffe, Nea ist glücklich!", fügte sie an. „Was?" Alex schreckte aus seinen Gedanken. „Hörst du mir eigentlich zu?" „Ja! Nea wird dann wohl ihren Erbanteil ausbezahlt haben wollen, wenn sie einen Partner hat und mit der Ranch nichts am Hut." „Hm, das wäre schade. Meinst du sie möchte keinen Kontakt mehr zu uns? Hat sie diesen Nick dir gegenüber nie erwähnt? Sie kennen sich bestimmt länger und ihr habt euch doch oft und viel unterhalten." Alex zuckte mit den Schultern und zog einen Flansch. „Du bist heute wieder gesprächig.", beschwerte sich Molly, während sie Richtung Haus schlenderten. „Vielleicht kommt uns Nea das nächste Mal mit ihrem Freund besuchen!", schwatzte sie fröhlich weiter. Alex gab es nicht zu, doch dieser Gedanke beunruhigte ihn. Das komplette Gespräch empfand er als unangenehm und er drängte es deshalb in eine andere Richtung. „Was sagen die

Zwillinge zur Schätzung?" „Wir haben uns für kommenden Samstag zu einem Videoanruf verabredet. Dazu werde ich auch Philipp bitten. Nach deiner 24-Stunden Schicht hast du Samstag frei und ich hätte dich gerne als Unterstützung an meiner Seite. Dann können wir das weitere Vorgehen diskutieren." „Sagst du mir Samstag noch einmal Bescheid, wenn ich es vergesse, oder weck mich, wenn ich noch schlafen sollte!"

*** ***

Es war am nächsten Tag, der Donnerstag, als Philipp Covet auf der Ranch auftauchte. Molly fühlte sich immer noch nicht wohl, wenn Victoria und Philipp hier auf dem Anwesen herumliefen. Sie hoffte, dass der Pferdestall der Covets bald renoviert und gestrichen war. Damit würde Belle samt Besitzerin wieder von der Ranch verschwinden. Victorias Blick war stets arrogant und verschlagen. Molly empfand von jeher keinen Funken Sympathie für diese Frau.
Philipp war aalglatt und ein schwieriger Charakter. Zudem drehte er sich die Dinge so, wie es für ihn am sinnvollsten, oder gewinnbringendsten war. Doch das Bild, das Philipp heute bot, glich dem Anblick eines Wahnsinnigen. Schweißperlen standen ihm auf der Stirn und Schwitzflecken durchdrangen den Stoff seines hellblauen Hemdes. Er durchquerte, einem wilden Tier gleichkommend, immer wieder, in großen Schritten, das Esszimmer. Molly musterte ihn fragend und wusste nicht recht, was, oder ob sie etwas sagen sollte. Unvermittelt blieb Philipp stehen, seine Augen quollen regelrecht aus den Höhlen hervor und sein Blick war zornig, panisch, erschrocken – irgendwie alles in einem. „Das Angebot ist mehr als großzügig. Was musst du da noch überlegen, Molly? Alenia und Nea möchten sicher keine Viehzucht betreiben und Alexander auch nicht!" „Philipp, du weißt, dass wir die Unterschriften aller Erben benötigen. Ich kann dir keinen Vorvertrag unterschreiben." Molly hielt ein Dokument in die Höhe und wedelte damit in der Luft, ehe sie es wieder ordentlich auf

den Tisch legte. „Du wirst doch bis Samstag Zeit haben. Dann besprechen wir das mit den Mädchen und Alex in Ruhe. Mathew ist dann auch dabei und kann entsprechendes veranlassen!", fügte sie mit beherrschter Stimme hinzu. Philipp raufte sich sein schütteres Haar. „Mich nervt diese komplette Situation. Ich will es endlich vom Tisch haben!" Langsam hatte Molly die Nase von den Covets gestrichen voll. Victoria, die wegen ihrer Stute hier herumstolzierte und Philipp, der permanent auf dem Thema ´Erbe` herumhackte. Sie hatte sich die problematische Konstellation auch nicht ausgesucht! Verärgert schlug sie mit der flachen Hand auf den Tisch und antwortete bissig: „Aber, was ändern zwei Tage daran? Heute ist schon Donnerstag! Philipp ich kann keine Entscheidung für uns alle treffen. Ich DARF keine Entscheidung treffen. Verstehst du das nicht, oder willst du es nicht verstehen? Was ist mit dir los, Philipp? Bist du krank?" „Pah!", stieß Philipp nur hervor, drehte sich um und rannte fast aus der Tür. Hinter ihm knallte diese ins Schloss und Molly blieb verdutzt zurück. „Der spinnt!", schüttelte sie den Kopf.

*** ***

Beißender Rauchgestank, tosendes Knacken und Lodern der Flammen. Schweißgebadet erwachte Alexander. Er versuchte, die furchtbaren Bilder der Erinnerung zu verdrängen. Doch der Brandgeruch verflog nicht. Im Gegenteil, er nahm weiter zu und setzte sich schwer und bedrohlich in seinen Atemwegen fest. Alex riss die Zudecke fort und hastete zum Fenster. „Feuer!", schrie er im nächsten Moment. Er zog sich beim Gehen seine Jeans an und schlüpfte in Shirt und Boots. Er rannte aus seinem Zimmer, schlug gegen Mollys Tür: „Molly, der Stall brennt …!" Alex wartete nicht ab, ob Molly reagierte, sondern jagte die Treppe hinunter, aus dem Haus, Richtung Stall. Er hörte die Pferde panisch wiehern. Es war ein Inferno der Flammen, die bereits aus dem Stalldach schlugen. Wo war nur Cookie? Der Schäferhund bellte sonst wegen allem und nun war er spurlos verschwunden. Die Pferde mussten aus dem Gebäude! Alex riss sich das T-Shirt herunter, tauchte es in einen Wassereimer, der vor dem Stall stand. Er drückte sich das Oberteil vor Mund und Nase und betrat den, mit dicken Rauchschwaden durchzogenen, Gang. Es war schwarzer, schwerer Rauch, der ihm entgegenschlug. Alex sah kaum die Hand vor Augen, doch erreichte er die ersten Verschläge und öffnete die Türen. Die Pferde drängten ins Freie, angetrieben vom Fluchtinstinkt. Je weiter Alex in den Stall vordrang, desto beißender und dichter wurde der Qualm. Die Hitze brannte auf seiner Haut und in seiner Lunge. Seine Augen tränten und trotz des provisorischen Atemschutzes, begann er zu husten. Alexander erreichte Goblins Box und nahm die heftigen Huftritte gegen die Wand war. Er hörte das schrille Wiehern des schwarzen Hengstes, als er den Bolzen zurückzog und sich die Türe öffnete. Das Tier stob an Alex vorbei. Er verlor den Halt, strauchelte und stürzte zu Boden. Hinter ihm knallte ein brennender Balken auf den Beton und ein Regen heißer Funken bedeckte ihn. Alex schrie vor Schmerz auf, als sich diese, wie Nadelstiche in seine Haut gruben. Er musste sich in Sicherheit bringen, ehe das Gebäude zusammenbrach. Die restlichen Tiere konnte Alex nicht mehr retten. Sein Blut rauschte in den Ohren und ein Adrenalinschub half ihm auf die Füße. Alexander erreichte mit letzter Kraft den Stallausgang, wo Molly auf ihn zurannte und ihn von den Flammen fortzerrte, von den quälenden Lauten, der verbrennenden Tiere.

Die Sirenen, der eintreffenden Feuerwehr, übertönten die schrecklichen Laute. Die Kommandos der Einsatzkräfte drangen dumpf und wie in Zeitlupe an Alexanders Ohren.

*** ***

Der sonst idyllische Anblick der Covet Ranch wurde an diesem Morgen von den milchigen Rauchschwaden getrübt, die gen Himmel stiegen. Schwarz und verkohlt lagen die Überreste des Pferdestalles vor Molly und Alexander. Schockiert und vollkommen erschöpft blickten sie auf das Bild der Zerstörung. Stumme Tränen rannen Molly über das Gesicht und hinterließen feine Spuren auf den rußigen Wangen. Der Feuerwehr Chief trat unsicher zu den beiden: „Mrs. Bennett! Mr. Warren! Wir haben zusammengepackt und fahren nun ab. Vielen Dank für den Kaffee und ihre Mithilfe. Am Abend schicke ich zwei Männer meines Löschtrupps vorbei, um die Glutnester zu überprüfen. Detective Rick Sanders, der die Untersuchung des Brandes leiten wird, ist informiert und wird sich bei ihnen melden. Ansonsten hoffe ich, dass sie nicht zu viele Scherereien mit der Versicherung haben werden." Er reichte Molly und Alex die Hand, tippte sich zum Gruß kurz an den Feuerwehrhelm und ging.

Dann waren Alex und Molly mit dem Ausmaß des Feuers allein. Sie hatten Glück im Unglück. Der Wind war gnädig und hatte die Funken nicht zum Wohnhaus geweht, so dass dieses, die unheilvolle Nacht, unbeschadet überstand. Doch der Stall war komplett zerstört! Sechs der zehn Pferde, die in den Boxen standen, konnte Alexander retten. Bis weit nach Sonnenaufgang hatte die Feuerwehr den Brand gelöscht und ständig, aufs Neue aufglimmende, Glutherde in Schach gehalten.

Minutenlang starrten Molly und Alex nun auf das niedergebrannte Gebäude und kämpften mit monströsen Emotionen, die von ihnen Besitz ergriffen. Alex rieb sich über die Arme, die leichte Verbrennungen aufwiesen und schüttelte den Kopf, um sich aus dem erdrückenden geistigen Tunnel zu befreien. „Komm Molly, wir sollten frühstücken, bevor wir uns an die Arbeit machen." Molly nickte und folgte Alex zum Haus, wobei sie sich suchend nach Cookie umsah. „Cookie bellt doch sonst wegen jeder Kleinigkeit. Wo steckt er nur?"

*** ***

Die Dusche war notwendig, doch der beißende Rauchgeruch blieb in der Nase und die furchtbaren Bilder ließen sich auch nicht abwaschen. Das Frühstück war Qual und notwendiges Übel zugleich. Sie besprachen das weitere Vorgehen, während sie lustlos und betrübt auf die Teller stierten. „Ich rufe den Tierarzt an, der muss die Pferde untersuchen. Die Covets müssen wir auch verständigen, auch wenn Belle nichts passiert ist." „Für die Versicherung benötigen wir die Berichte der Feuerwehr und der Polizei. Da müssen wir abwarten. Gibst du Mathew Bescheid, dann kann er Nea und Alenia verständigen." „Ich nehme mir ein paar Tage frei…" Das Gespräch wurde durch die Türklingel unterbrochen.

Detective Rick Sanders Blick schweifte über die Weideflächen, als die Tür des Ranch-Hauses geöffnet wurde. Schnell drehte er seinen Kopf: „Mrs. Bennett? Mein Name ist Detective Sanders. Ich leite die Branduntersuchung." Er lächelte und streckte Molly die Hand entgegen. „Hallo, Detective. Chief Morrison hat uns heute Morgen unterrichtet, dass sie vorbeikommen werden." „Mrs. Bennett, meine Leute würden sich schon einmal an die Spurensicherung machen und ich kann ihre Aussage aufnehmen." Jetzt erst entdeckte Molly zwei weitere Personen, die an den Treppenstufen der Veranda, mit diversen Gerätschaften, warteten. „Sicher. Der Weg ist ja nicht zu verfehlen.", seufzte sie bitter. Sanders nickte den

Ermittlern zu und diese begaben sich zur Brandstätte. „Wird bei einem Brand immer eine Untersuchung angestrebt?", erkundigte sich Molly. „Im Regelfall ja, außer es ist unmittelbar ersichtlich, dass ein Kabelbrand, oder etwas in der Art das Feuer auslöste." „Darf ich ihnen einen Kaffee anbieten?" „Oh, da sag ich nicht nein." Molly bat den Polizisten ins Haus und war erleichtert, dass der Detective einen angenehmen und umgänglichen Eindruck machte.

„Alex – Detective Sanders." „Hallo, Detective. Alexander Christopher Warren." "Ah, Mr. Warren. Mit ihnen muss ich später auch sprechen. Halten sie sich doch, bitte, zu meiner Verfügung." Molly goss eine Tasse Kaffee ein und stellte diese an den Tresen. „Detective, ihr Kaffee." „Sehr schön, vielen Dank!" Alex wandte sich an Molly. „Ich gehe und erledige meine Anrufe. Wenn du mich brauchst, bin ich in meinem Zimmer." Molly nickte und sah ihm nach, als er die Küche verließ. „Ein sympathischer, junger Mann.", riss Sanders sie aus ihren Gedanken. Ein stolzes, warmherziges Lächeln huschte bei diesen Worten über ihr Gesicht. „Mrs. Bennett, können sie mir erzählen, wie sie den Brand erlebt haben. Wann haben sie mitbekommen, dass der Stall brennt?" „Ich wurde durch Alexanders Rufen geweckt, der den Brand bemerkte." „Wissen sie, wann das war?" „Puh! Das muss gegen 01.30 Uhr gewesen sein. Ich habe die Feuerwehr alarmiert und bin zum Stall gerannt." „Haben sie etwas Ungewöhnliches bemerkt, oder jemanden gesehen?" „Nein, oder doch." Rick Sanders wurde hellhörig. „Ich weiß nicht, ob das von Bedeutung ist, aber unser Hofhund, ein schwarzer Schäferhund, ist verschwunden. Normalerweise bellt er jeden und alles an, was sich dem Hof nähert, doch jetzt ist er einfach weg." „Das ist definitiv wichtig. Kann sich der Hund im Stall aufgehalten haben?" „Nein, nachts ist die Stalltür zu und Cookie, unser Hund, lag gestern Abend vor dem Haus." Sanders nickte nachdenklich. „Denken sie, der Brand wurde absichtlich gelegt?" „Das kann ich zum jetzigen Zeitpunkt nicht sagen, das wäre reine Spekulation. Sie müssen Geduld haben, was unsere Untersuchungen ergeben.", lächelte er freundlich. „Haben sie in den letzten Tagen Fremde auf dem Grundstück herumschleichen sehen?" „Nein!", schüttelte Molly energisch den Kopf. „Haben sie Feinde, oder Neider?" „Nicht, das ich wüsste." „In welchem Zustand waren die elektrischen Anlagen des Stalles? Lichter? Futterkräne? Sicherungs- und Stromkästen?" „In gutem Zustand. Michael legte viel Wert auf vorschriftsmäßige Einbauten und die regelmäßige Wartung. Ich kann ihnen dazu Einsicht in die Unterlagen gewähren." Der Detective schrieb Notizen, trank Schluck für Schluck seinen Kaffee und war sichtlich konzentriert. „Danke, Mrs. Bennett. Das war es erst einmal. Nun würde ich gerne mit Mr. Warren sprechen." „Sicher, ich hole ihn." Als Molly die Küche verließ, kratzte sich Rick Sanders seinen Dreitagebart, kniff die Augenbrauen zusammen und überlegte. Seine Erfahrung lehrte ihn, nicht alleine, auf die gesagten Worte zu hören. Emotion und Behändigkeit der Antworten, oder die Körpersprache des Befragten durften nicht vergessen und unterschätzt werden. Molly Bennett hinterließ einen ehrlichen, geradlinigen, aber auch nervlich angeschlagenen Eindruck. Detective Sanders war neugierig, was Mr. Warren berichtete.

Nach dem Gespräch musste sich der erfahrene Polizist eingestehen, dass es keine Unstimmigkeiten gab, sondern sich die Aussagen deckten. Es blieb abzuwarten, auf was die Spurensuche stieß. Sanders hoffte insgeheim auf einen technischen Defekt. So konnte er den Fall zügig abschließen!

*** ***

Alex und Molly verabschiedeten Sanders an der Tür, als einer der weißen Covet SUVs auf den Hof fuhr. Das Auto wurde jäh zum Stehen gebracht, so dass kleine Staubwolken vom trockenen Kies aufwirbelten. Philipp und Victoria stürmten auf das Haus zu. „Wo ist Belle?", schrie Victoria keifend. „War der Tierarzt schon da?" Bevor Alex antworten konnte, ergriff Rick Sanders das Wort. Es machte fast den Eindruck, als stellte er sich schützend vor Molly und Alexander. „Mein Name ist Detective Rick Sanders. Und sie sind?" Konsterniert stoppten die Covets in ihrer Bewegung. „Victoria und Philipp Covet." „Und wer ist Belle?" „Unsere teure Zuchtstute, die hier untergebracht ist und beinahe verbrannt wäre." „Dann muss ich sie ebenfalls befragen. Finden sie sich heute doch gegen 11.00 Uhr auf dem Revier ein. Mrs. Bennett! Mr. Warren! Vielen Dank. Mrs. Covet! Mr. Covet!" Der Detective eilte zu seinem Wagen und ärgerte sich über das Auftreten der Covets. Er kannte diese Art Menschen zu genüge, die dachten, sie könnten die Welt kaufen, oder allein ihr Name reiche aus, um eine Sonderbehandlung zu erhalten. Selbst nach 30 Dienstjahren war es schwierig, dabei objektiv zu bleiben.

*** ***

Das Telefon klingelte und allein dieses Geräusch verhieß nichts Gutes. Molly nahm den Hörer ab. „Hallo?" „Mrs. Bennett, hier ist Detective Sanders. Ich möchte sie bitten, für eine weitere Befragung, aufs Revier zu kommen." „Detective Sanders, ich habe ihnen doch alles gesagt." „Mrs. Bennett, das ist keine höfliche Bitte, sondern eine Aufforderung! Wenn sie sich um 14.00 Uhr einfinden. Auf Wiederhören." „In Ordnung. Ich werde da sein!" Verunsichert nahm Molly das Telefon vom Ohr und starrte ins Nichts. Was hatte dieser Anruf zu bedeuten? Panik durchfuhr sie und ließ nicht von ihr ab, als sie kurz vor 14.00 Uhr das Präsidium betrat. Ein junger Officer führte sie zu Sanders. Das freundliche Lächeln des Detectives, welches er am Vormittag noch an den Tag legte, wich einem ernsten Gesichtsausdruck. Das Gefühl von Schuld, oder Beschuldigung hing schwer im Raum. „Mrs. Bennett, danke, dass sie gekommen sind. Es ergaben sich noch einige Fragen, im Zusammenhang mit dem Brand. Mrs. Bennett, ist es richtig, dass ihnen Philipp Covet unlängst ein Angebot bezüglich der Übernahme von Teilen der Ranch unterbreitet hat? Molly runzelte die Stirn. „Ja, stimmt. Was hat das mit dem Brand zu tun?" „Ist es ebenfalls korrekt, dass sie das Angebot ablehnten?" „Ich habe es nicht abgelehnt, ich kann die Entscheidung nicht alleine treffen. Wir sind eine Erbengemeinschaft." Langsam dämmerte es Molly, wohin diese Befragung führte und das anfängliche Schuldgefühl verwandelte sich in Zorn. „Detective, keine Ahnung, was ihnen die Covets erzählt haben. Michael Covet hat in seinem Testament verfügt, dass die Ranch an fünf Menschen geht, die daraus das Beste machen sollen, bzw. dass die zerstrittene Familie wieder zusammenfindet. Mein Anliegen ist es, das Anwesen in Michaels Sinne weiterzuführen und keinen Streit unter den Erben zu entfachen. Sie denken, ich habe den Stall angezündet?" Sanders wirkte von Mollys Gefühlsausbruch wenig beeindruckt. Er verschränkte die Arme über der Brust und lehnte sich in seinem Stuhl zurück. „Sagen sie es mir, Molly. Könnten sie einen Brand legen?" „Nein! Ich könnte nie mein Zuhause, das Vermächtnis des einen Mannes zerstören, der mir jemals etwas bedeutet hat." Sie atmete schwer und ihre Hände waren krampfhaft zu Fäusten geballt. Rick Sanders betrachtete sie interessiert. „Wie sie eben so treffend formulierten, war Michael Covet der einzige Mann, der ihnen etwas bedeutet hat. Nun mussten sie sich der Tatsache stellen, dass er zwei uneheliche Töchter hat und diese im Testament bedacht wurden." In Mollys Kopf arbeitete es heftig und ihr wurde klar, dass sie sich mit einem erneuten Wutausbruch noch mehr in die Bredouille brachte. Sie schluckte die Verärgerung hinunter und besann sich der Vernunft. „Sir. Ja, ich hätte mir in meinem Leben einen anderen Verlauf gewünscht, doch es ist, wie es ist. Ich habe den Brand nicht gelegt und habe Philipps Angebot nicht kategorisch ausgeschlagen, sondern um Rücksprache mit Alexander und Michaels Töchtern gebeten. Zu diesem Gespräch kam es nicht mehr, weil uns beinahe das Zuhause unter dem Hintern abbrannte." Molly erhob sich: „Und jetzt entschuldigen sie mich, wenn sie keine weiteren Fragen haben. Ich habe eine Ranch am Laufen halten!" Detective Rick Sanders musste sie gehen lassen, da kein begründeter Verdacht vorlag.

*** ***

Sanders sortierte seine Notizen zum Brand auf der Covet Ranch. Er grübelte über die verschiedenen Aussagen, wog ab, schätzte ein. Da erreichte ihn ein Anruf der Spurensicherung und gab dem Fall eine unerwartete Wendung.

*** ***

Ein Polizeiwagen blieb vor dem Haus stehen, als Molly vor die Tür trat. Ein uniformierter Beamter stieg aus dem Wagen. „Officer." „Mrs. Bennett. Ist Alexander Christopher Warren zu Hause?" Es war keine Stunde her, dass sie von der Polizei zurückkehrte. Was hatte dies nun wieder zu bedeuten? „Darf ich fragen, was sie von Alexander möchten?" „Mrs. Bennett, wenn sie, bitte, Mr. Warren holen." Sie beschlich ein unheilvolles Gefühl, als sie nach Alexander rief. „Was ist Molly?" „Die Polizei ist hier. Kommst du, bitte." „Ok?!" Verwundert folgte er Molly. „Officer, was kann ich für sie tun?" „Mr. Warren, ich muss sie auffordern, mich auf das Revier zu begleiten." „Warum, wenn ich fragen darf?" „Mr. Warren, es gibt neue Entwicklungen. Mehr darf ich nicht sagen. Wenn sie mir nun folgen." „Bin ich verhaftet?" Die Haltung des Polizisten veränderte sich und seine Stimme wurde bestimmter. „Nein, Mr. Warren. Doch sollten sie sich weigern, muss ich sie abführen." Alexander erschrak. Er verstand nicht, was das zu bedeuten hatte. Kleinlaut und mit hängendem Kopf folgte er dem Officer zum Streifenwagen. „Officer, das kann doch nur ein Irrtum sein!" Molly hastete schockiert hinterher. Ihr Herz pochte wie wild in ihrem Brustkorb, der sich mit jedem Atemzug aufgeregt hob und senkte. „Mrs. Bennett, wenden sie sich, bitte, an Detective Sanders. Ich kann und darf ihnen keine Informationen geben. Mam!". Er nickte zum Gruß und stieg in den Wagen.

Alexanders hilfesuchender Gesichtsausdruck ging ihr durch Mark und Bein. Molly blieb aufgewühlt und fassungslos unter der gleißenden Sonne zurück.

*** ***

Die Luft war stickig in dem kleinen Raum, obwohl die Klimaanlage surrte. Alexander saß auf einem der beiden Stühle, die an dem abgegriffenen Tisch standen. Er wartete nervös auf Detective Sanders. Nachdenklich nippte er an seinem Wasserbecher, fühlte, wie das kühle Nass seine Kehle hinunterrann, doch es brachte nicht den gewünschten Effekt. Es brachte nur eine kurze Ablenkung. Alex hatte keine Erklärung, was die Polizei gegen ihn in Händen hielt. Wie rutschte er in den Fokus der Ermittlungen, der Brandstifter auf der Covet Ranch zu sein? Das war doch blanker Irrsinn! Warum sollte er sein Zuhause anzünden, bzw. den Pferdestall, der für ihn das Bindungsstück zu seinem Ziehvater Michael war. Ein Schweißtropfen rann ihm an der Stirn entlang und während er sich diesen, mit einer flüchtigen Bewegung, von der Haut wischte, öffnete sich die Tür.
Rick Sanders betrat den Raum. Das Äußere des hochgewachsenen Mannes wirkte tadellos. Das graumelierte Haar war akkurat frisiert und der dunkelblaue Anzug saß knitterfrei an seiner schlanken Gestalt. In seiner linken Hand hielt er eine Plastiktüte, die auf den ersten Blick verkohlten Müll enthielt. „Mr. Warren, entschuldigen sie die Wartezeit." Auch wenn seine Stimme freundlich klang, verbarg sich darin absolute Autorität und Bestimmtheit. Er setzte sich Alexander gegenüber. „Mr. Warren, wie mir die Kollegen mitteilten, wollen sie erst einmal keinen Anwalt zu Rate ziehen. Sie möchten sich der Befragung alleine stellen.

Wenn sie mir dies für die Aufzeichnung des Verhörs, mit einem vernehmlichen ´ja` bestätigen." „Ja." „Gut. Sollten sie im Laufe der Befragung doch einen Anwalt wünschen, unterbrechen sie das Gespräch zu diesem Zeitpunkt und bitten um einen rechtlichen Beistand. Bestätigen sie mir diese Information ebenfalls mit einem lauten ´ja`." „Ja." „Vielen Dank! Mr. Warren, sie werden verdächtigt, den Brand vom 13.07.2019, auf dem Anwesen der Covet Ranch, gelegt zu haben. Was sagen sie dazu?" „Detective, was soll ich dazu sagen? Außer, wie kommen sie auf diese hirnrissige Annahme? Zuerst verdächtigen sie Molly und nun werde ich quasi vom Hof geführt." „Wie sie wissen, handelt es sich bei der Brandursache um keine Selbstentzündung, oder einen technischen Defekt. Wir sprechen über Brandstiftung. Nach Begehung mit Spürhunden haben wir die Brandquelle entdeckt." Rick Sanders sah Alexander direkt und offen an. „Alexander, wir haben dort ein Beweismittel gefunden, dass uns auf ihre Fährte lenkte." Langsam wurde es Alex zu bunt. Erzürnt verschränkte er seine Arme über der Brust und lehnte sich herausfordernd im Stuhl zurück. „A) Wo wollen sie das sogenannte ´Beweisstück` gefunden haben? Und B) - was soll das denn sein?" „Mr. Warren, sie hatten angegeben", Sanders blätterte in seinen Aufzeichnungen, „am Abend, bzw. in der Nacht des Brandes, das Feuer als Erster bemerkt zu haben. Wo waren sie in der Zeit davor?" „Im Bett!" Detective Sanders kritzelte in seinen Notizen und blickte Alexander wieder forschend an. „Waren sie alleine, oder kann das jemand bezeugen?" „Ich war alleine!" „Ein attraktiver, junger Mann verbringt seinen Freitagabend allein?" Alexanders Nasenflügel blähten sich auf und er musste viel an Selbstbeherrschung aufbringen, um den Polizisten nicht erbost anzuschreien. „Ja, ich war allein, da ich von einer 24-Stunden Schicht im Krankenhaus heimkam." „Stimmt! Sie sind Arzt. Kein leichter Beruf. Darum sind ihre Eltern, ach nein Zieheltern, sehr stolz auf sie." „Molly und Michael haben mich nach dem Tod meiner Eltern aufgenommen. Sie haben mich zu einem verantwortungsvollen Erwachsenen auf- und erzogen. Aber was hat das mit dem Brand zu tun?" „Sie mussten in ihrem Leben schon einige Schicksalsschläge wegstecken. Der Tod ihres Ziehvaters vor wenigen Wochen, die damit verbundenen neuen Entwicklungen, aufgrund des Testaments. Haben sie Bedenken, oder Existenzängste?" Alex runzelte die Stirn. „Warum?" „Na, wenn Michaels Töchter, denen ein Hauptanteil des Erbes zusteht, ihre Anteile veräußern, dann würden sie ihr Zuhause verlieren." „Das haben Nea und Alenia bereits ausgeschlossen. Sie werden an keinen Fremden verkaufen." „Mhm." Sanders hantierte erneut mit seinen Unterlagen, blätterte und notierte. Er zog eine Schnute und schwieg eine Weile. „Es wusste niemand von den deutschen Erben?" „Nein, soweit ich in Kenntnis bin, nicht." „Denken sie, dass ihre Beziehung zu Michael anders gewesen wäre, wenn er vorher von seinen Töchtern erfahren hätte?" „Hätte, wäre – das kann niemand beantworten. Ich verstehe nicht, was das Alles mit dem Brand zu tun hat, Detective!", schnauzte Alex. „Mr. Warren, es gibt keinen Grund, laut zu werden. Ich mache hier nur meine Arbeit." Sanders kratzte sich am Kopf: „Ihr Ziehvater war anscheinend über den Abschluss ihres Medizinstudiums sehr stolz. Sie haben von ihm dafür ein Geschenk erhalten. Ist das richtig?" „Ja-a. Woher wissen sie das?" Detective Sanders nahm die Plastiktüte und legte sie vor Alex. „Erkennen sie dieses Stück?" Alexander starrte angestrengt auf das verkohlte Teil, das als Beweisstück diente. „Das gibt's doch nicht. Wo haben sie die her?" „Ist es korrekt, dass es sich hier um DIE Uhr handelt, die sie als Geschenk von Michael, zum Abschluss ihres Studiums erhalten haben?" Gänsehaut jagte über Alexanders Körper und gleichzeitig trat ihm der Schweiß auf die Stirn. „Ja, das ist die Uhr." Der Raum begann, sich vor seinen Augen zu drehen. Er atmete tief ein und trank hastig einige Schluck Wasser. „Mr. Warren, wir haben die Uhr am Brandherd entdeckt. Können sie mir sagen, wie diese dorthin kam?" „Ich hatte die Uhr die letzten Tage gar nicht um. Sie lag in meinem Zimmer. Nein, halt! Stimmt nicht! Sie lag in der Küche, in einer Schale, wo wir auch Kleingeld usw. hineinlegen. Ich hatte sie abgenommen, um sie während der Stallarbeit nicht zu beschädigen." „Und wie erklären sie sich dann, dass die Uhr im Stall gefunden wurde? Sie weist eindeutig Spuren des Brandbeschleunigers auf." Alex sah schockiert auf die traurigen Überreste seiner Uhr. Das braune Lederband war komplett verbrannt, das Glas war durch die Hitze gesplittert; auf der Rückseite war die Gravur, wohl durch die Spurensicherung, von Rußspuren befreit und wieder erkennbar gemacht worden. Er konnte sich nicht erklären, wie die Uhr in den Stall kam.

„Alexander, möchten sie mir nicht erzählen, was in der Nacht passiert ist?" Sanders Stimme hatte einen väterlichen, warmen Unterton. Verzweifelt schüttelte Alexander seinen Kopf. „Das wüsste ich auch gerne! Ich habe geschlafen und wurde durch den Rauchgeruch geweckt. Dann rannte ich in den Stall, um die Tiere zu retten, was leider nur teilweise gelang." Mitgenommen schlug Alexander die Hände vors Gesicht. „Mr. Warren, ich glaube den Beweisen und diese sprechen momentan ein eindeutiges Urteil." Der Polizist schloss seine Notizen und erhob sich. „Alexander, ich darf sie aufgrund der Beweislage nicht auf freien Fuß setzen, sondern muss ein Kautionsverfahren einleiten."

*** ***

Wenige Stunden später verließ Alexander das Präsidium, nachdem Molly die Kaution für ihn gestellt hatte. Rick Sanders wartete vor dem Gebäude. „Ich möchte sie darauf hinweisen, dass sie weder die Stadt, noch den Bundesstaat verlassen dürfen. Halten sie sich, bitte, zu unserer Verfügung." Er zögerte. „Haben sie Feinde, Alex? Also nicht nur sie persönlich, sondern auch die Ranch?" Alexander stoppte auf den Stufen, sah dem Detective offen ins Gesicht und schüttelte energisch den Kopf.

Irgendetwas war faul an diesem Fall, das spürte Sanders ganz deutlich. Sein Bauchgefühl hatte ihn in den letzten 30 Jahren nie getäuscht. So leicht war eine Brandstiftung noch nie aufgeklärt worden. Das Beweisstück wurde ihnen regelrecht auf einem Silbertablett serviert. Der Rauch seiner Zigarette stieg in den inzwischen schwarzen Nachthimmel über Phoenix und der Polizist blickte den Schwaden grüblerisch hinterher.

*** ***

„Wir gehen heute Abend essen." „Mhm.", grummelte Alenia, während sie ihr Frühstücksmüsli löffelte und dabei auf ihr Handy starrte. Nea biss genüsslich in ihr dick, mit Nougatcreme, bestrichenes Brot. „Gehst du mit, Leni?" Diese zuckte nur gleichgültig mit den Schultern. „Ich schau mal." „Ich freue mich schon.", grinste Nick Nea warmherzig an und legte liebevoll seine Hand auf ihren Oberschenkel. Er küsste sie auf die Stirn und verschwand in Neas Zimmer, um sich für den Tag fertig zu machen. Kaum schloss sich hinter Nick die Tür, stierte Alenia ihre Schwester an. „Du stehst also nicht auf Nick, hm?!" „Man kann seine Meinung doch ändern.", entgegnete Nea trocken und löffelte Nussnougatcreme aus dem Glas. Alenia sah sie eindringlich an. „Wirklich, Nea? Das geht doch jetzt aber irgendwie sehr schnell!" „Im Ernst jetzt, Alenia? Das ist DEINE Argumentation?" „Nea, ihr klingt wie ein Ehepaar. Ihr geht, warte, knapp sechs Wochen miteinander." „Stört´s dich?" Neas gute Laune verschwand und sie legte ihren Löffel beiseite. „Ja-a, wenn du es genau wissen willst. Irgendwie schon!" Grimmige Blicke flogen von einem Zwilling zum anderen. „Ich kenn dich gar nicht mehr. Ich habe keine Ahnung, was mit dir los ist, Nea." „Was soll mit mir los sein? Gönnst du mir nicht, dass ich glücklich bin?" Alenia schnaubte gefrustet. „Nea, doch, aber...", verzweifelt rang sie nach den richtigen Worten. „Du musst zugeben, dass es mit Nick verdammt schnell geht. Wir sind seit sechs Wochen daheim. Du sprichst nicht über deine überhastete Abreise aus Phoenix. Der schreckliche Brand auf der Ranch tangiert dich anscheinend nicht! Dass sowohl Molly, als auch Alex verdächtigt werden, den Brand gelegt zu haben, ist dir egal! Ich weiß das erste Mal in unserem Leben nicht, wie es dir geht. Sondern ich muss zusehen, wie du dich in eine kopflose Affäre mit Nick, oder von mir aus auch Beziehung..." Nea sprang unvermittelt auf, ihr Stuhlt kippte um und knallte dröhnend zu Boden. „Mir ist schlecht!", würgte sie hervor und rannte zum Badezimmer.

*** ***

Sie übergab sich, bis nur noch trockenes Würgen in ihr aufstieg. Nea zupfte Toilettenpapier von der Rolle, trocknete sich die Anstrengungstränen und wischte sich den Mund ab. Sie drückte den Spüler und erhob sich mit wackeligen Knien. Als sie ans Waschbecken trat, ließ sie kaltes Wasser über ihre Handgelenke rinnen und spülte sich den Mund aus. Ihr Spiegelbild war furchtbar. Ihre blauen Augen lagen in dunklen Höhlen, ihr Gesicht war fahl, mit einem grünlichen Unterton. Nea öffnete die Badezimmertür und traf dort auf Alenia, die unsicher und besorgt davor wartete. „Geht es dir nicht gut, Maus?" „Nein, ...!", presste Nea hervor und musste sich erneut übergeben.

Nea meldete sich in der Arbeit krank und das geplante Abendessen fiel flach. Alles deutete auf eine starke Magengrippe hin. Vielleicht war ihr Alenias Standpauke vom Morgen aber einfach auch auf den Magen geschlagen; oder sie hatte zu viel Nougatcreme genascht. Nea wollte niemanden sehen und mit niemanden sprechen. Sie verzog sich den ganzen Tag ins Bett.

*** ***

In den nächsten Tagen stellte sich jedoch keine Besserung ein und als Nea selbst den Kamillentee nicht mehr bei sich halten konnte, ging sie zum Arzt.

„S-C-H-W-A-N-G-E-R?!", quiekte Alenia. Nea senkte beschämt den Kopf. „Nea, schwanger ...!" „Du musst es nicht ständig wiederholen, davon wird es nicht anders" „Ich bringe Nick um!" „Nick kann nichts dafür!" „Das stimmt, es gehören immer zwei dazu! Nea, seid ihr bescheuert – ohne Verhütung ..." Alenia stand von der Couch auf und lief sich die Stirn haltend im Zimmer umher. „Ich weiß gar nicht, was ich dazu sagen soll. Habt ihr eine Minute drüber nachgedacht? Schwanger! Nea! Weiß es Nick schon?" „Leni ..." „Wie geht es jetzt weiter? Ziehst du mit Nick zusammen? Zieht er bei uns ein?"

„A-L-E-N-I-A!", schrie Nea ihre Schwester an, die ruckartig stehen blieb. „Alenia, lass Nick in Ruhe. Alexander ist der Vater!" Stille!

„Wie? Ich meine wann?", perplex starrte Alenia Nea an. „Bist du dir sicher, dass nicht Nick..." „Ich bin in der siebten Woche.", antwortete Nea ruhig und gefasst. Alenia plumpste auf die Couch. Sie setzte an, um etwas zu sagen, oder zu fragen, doch blieb es bei dem Versuch. „Ich will darüber auch nicht sprechen.", stellte Nea klar und schlurfte zu ihrem Zimmer. „Wann sagst du es Nick? Und Alex?", rief ihr Alenia nach. „Nick werde ich es so schnell wie möglich sagen..." Damit schweifte Neas Blick in die Ferne, sie schüttelte den Kopf und verschwand hinter ihrer Tür.

*** ***

„Belle wird morgen abgeholt.", erklärte Victoria. „Unser Stall ist renoviert, dann kann meine Süße zurück in ihre gewohnte Umgebung." „So ist es wohl am besten!", bestätigte Molly über den Rand ihrer Kaffeetasse. „Wo ist denn Alexander?" „Der versucht, etwas Schlaf nachzuholen." „War doch sehr viel Aufregung in den letzten Tagen.", nickte Victoria verständnisvoll. „Hör mal, Victoria. Was war denn letzte Woche mit Philipp los?" „Was meinst du?" „Na, dieser ominöse Auftritt hier, wegen der Aufteilung der Ranch. Irgendwie war er verwirrt, oder besser gesagt, total neben der Spur. Er jagte mir fast ein wenig Angst ein." Victoria blinzelte und sah Molly emotionslos an. „Keine Ahnung, was du meinst, Molly! Mir ist nichts an Philipp aufgefallen. Wann soll das gewesen sein?" „Letzten Donnerstag tauchte er hier auf. So habe ich ihn noch nie erlebt." „Nein, ich wusste gar nicht, dass er hier war. Michaels Tod nimmt ihn sehr mit." „Ja, das mag sein. Trotzdem war es seltsam!", unterstrich Molly noch einmal Philipps Eindruck. „Wie ist der Ermittlungsstand des Brandes? Weiß Sanders Genaueres?", wechselte Victoria abrupt das Thema. „Frag nicht! Wurdet ihr auch schon verdächtigt, den Brand gelegt zu haben?" Victoria Covet riss ihre Augen weit auf. „Warum sollten wir verdächtig sein?", überschlug sich ihre Stimme nahezu. „Zuerst wurde ich verdächtigt und nun steht Alexander unter massivem Verdacht. Es wurde anscheinend ein belastendes Beweismittel sichergestellt, dass ihn zum Hauptverdächtigen macht. Habt ihr Fremde herumschleichen sehen?" „Eure Cowboys sehen alle nicht unbedingt vertrauenserweckend aus." Molly schüttelte den Kopf. „Das sind seit Jahren die gleichen Männer. Die machen ihre Arbeit. Denen hat Michael vertraut und ich tue das auch." „Ich meine ja nur...", hob Victoria verteidigend ihre Hände. „Ansonsten müsst ihr wissen, wer sich hier auf dem Gelände herumtreibt. Euer Wachhund scheint kläglich versagt zu haben, was? Ich bin froh, wenn Belle wieder zu Hause ist. Nicht auszudenken, wenn ihr beim Brand etwas passiert wäre." Molly kochte innerlich. Kurzzeitig hatte sie einen Funken Sympathie für Victoria Covet empfunden, doch dieser verflog unmittelbar. „Wir sehen uns dann morgen, Molly. Danke für den ´Kaffee`. Ihr solltet das alte Teil von Kaffeemaschine wirklich austauschen!" Damit rauschte Victoria aus der Küche. „Blöde Schnepfe!", platzte es aus Molly.

*** ***

Natürlich hatte Detective Sanders Victoria und Philipp Covet eingehend befragt. Victoria erinnerte sich an das äußerst unangenehme Gespräch. Der Polizist machte keinen Hehl daraus, dass er sie nicht unbedingt mochte. Doch das war Victoria egal! Viel mehr machte sie sich Sorgen um ihren Ehemann. Würde er den Fragen des Ermittlers standhalten, oder verplapperte er sich womöglich? Anscheinend hatte er seine Nerven aber im Griff und Sanders ließ beide gehen, ohne von der hinterhältigen Tat zu ahnen.

Alles wäre so einfach gewesen, wären da nicht diese beiden deutschen Gören aufgetaucht. „Pah!", angewidert dachte Victoria an Nea und Alenia. Damals war ihr schon Anna Bruch ein Dorn im Auge und die Töchter machten ihr nun wieder einen Strich durch die Rechnung. Aber so nicht! Wütend schlug Victoria mit der Faust auf das Lenkrad ihres Wagens und fluchte. Sie musste hart bremsen, als die Ampel auf ihrem Weg auf Rot umsprang. Genervt trommelte sie mit den Fingern auf der Armstütze. Es wäre unproblematisch gelaufen, wenn der Übertrag der Weideflächen lediglich zwischen Molly, Alexander und ihnen geregelt werden müsste. Aber nein, Michael muss die Schnepfen mit im Testament begünstigen. Und wer war an allem schuld? Ihre senile Schwiegermutter, Barbara Covet, die Michael vor wenigen Monaten, im Streit, von den Kindern erzählte. Besaß denn hier keiner mehr einen Funken an Hirn? Wenn alle nach Victorias Willen gespielt hätten, dann wären die Weideflächen schon an den Baumagnaten aus New York verkauft.

Der Plan für mehrere Villen auf dem Gelände und der Bau einer Privatklinik war so verlockend und lukrativ, dass Philipp nicht anders konnte, als einen Vorvertrag für den Verkauf zu unterschreiben. Leider war jedoch die Frist abgelaufen und der New Yorker Geschäftsmann setzte ihnen sprichwörtlich das Messer an die Brust. Entweder sie bezahlten eine Vertragsstrafe im Millionenbereich, oder sie konnten innerhalb von 48 Stunden die Unterschrift der Erbengemeinschaft aufweisen. Vermutlich war Philipp deshalb zu Molly gefahren. In diesem Punkt hatte Victoria nicht gelogen, denn sie wusste wirklich nichts davon. Sie hätte aber stutzig werden müssen, als er kampflos ihrem perfiden Plan, ein Feuer auf der Ranch zu legen, zustimmte: „Wenn der Stall niederbrennt und Belle dabei umkommt, wird die Versicherungssumme fällig. Und wenn bei den Ermittlungen ´zufällig` ein Beweismittel von Alex, oder Molly am Brandherd gefunden wird, dann sind wir die beiden auch los. Verstehst du, Philipp? Dann haben wir das Geld für die Vertragsstrafe und im besten Falle auch die Ländereien." „Aber Alenia und Nea?" „Papperlapapp! Nea taucht hier nicht mehr auf, dafür habe ich gesorgt und die andere hat auch nicht den Mumm, alleine etwas auszurichten." „Aber wie soll der Verdacht auf Molly, oder Alex fallen?" „Da fällt mir schon was ein!", hatte Victoria darauf zu Philipp gesagt.

Dieses Gespräch fand Donnerstagnachmittag statt und ein Zufall spielte ihr Alexanders Uhr in die Hände, als sie

Donnerstagabend zu Belle auf die Ranch fuhr. Die Armbanduhr lag in der Küche auf dem Tresen. Ein kleiner unbeobachteter Moment und Victoria hatte sich die Uhr eingesteckt und war hinterhältig grinsend im Stall verschwunden.

Belles Tod wäre sicher schmerzlich, das musste sich Victoria eingestehen, aber über kurz oder lang musste die Stute sowieso eingeschläfert werden. Der bösartige Tumor im Bauchraum war inoperabel und so blieben dem Tier schätzungsweise noch drei Monate, bevor es qualvoll verendete. Der erste Plan, dass Belle durch falsches Futter, oder eine andere Panne auf der Covet Ranch starb, hatte sich nicht eingestellt. Keiner hatte Verdacht geschöpft, als sie auf die Versicherungspolice bestanden hatten. Doch Belle ging es auf der Ranch sogar besser!

Victoria hatte Philipp zu dem Geschäft mit dem Baumagnaten geradezu gedrängt und es endete im Fiasko. Philipp war ein Riesenbaby. Er hatte nicht die Eier, oder den Biss, den Michael hatte. Victoria gab den Ton an und sie wusste genau, welche Fäden sie zu ziehen hatte, damit ihr Ehemann reagierte. Eigentlich schlief sie immer nur dann mit ihm, wenn sie etwas haben wollte. Doch Kinder, Kinder wollte sie nie mit ihm. Deshalb nahm sie auch ohne sein Wissen weiter die Pille.

Den Plan, die Ranch abzufackeln, war nur ein Hirngespinst gewesen, das sich über die Jahre in ihrem Kopf bildete und festsetzte. Sie empfand abgrundtiefen Hass auf alles, was sie

mit Michael verband und dazu zählte die Ranch an vorderster Front. Immer wieder stand Philipp im Schatten seines großen Bruders und ständig warf man ihm Knüppel zwischen die Beine, die mit Michael zusammenhingen. Sowie die vermaledeite Erbregelung, die das einzigartige Grundstücksgeschäft zu Nichte machte. Sie benötigten dringend das Geld von Belles Versicherung, oder noch besser das Verschwinden der Covet Ranch auf der Landkarte! Deshalb willigte Philipp aufgerieben in ihren kranken Plan ein.
Über zwielichtige Kontakte, ihres Vaters, hatte sie jemanden engagiert, der sich dem ´Problem` annahm.

Victoria kochte innerlich, als Alex anrief und sie über den Brand informierte, mit der vermeintlich guten Nachricht, dass Belle nichts geschehen und der Brand glücklicherweise nicht auf das Wohngebäude übergesprungen war. So konnten Philipp und sie nur hoffen, dass Alexanders Uhr bald entdeckt wurde und wenig Zeit verging, ehe man ihn verhaftete und Molly somit ganz allein auf der Ranch dastünde.
Leider hatte ihnen Detective Sanders einen Strich durch die Rechnung gemacht, der trotz des eindeutigen Beweismittels noch weiter ermittelte. Wenn ihnen nicht bald etwas einfiel, mussten sie Barbara Covet bitten, den Betrag, für die Vertragsstrafe, anzuweisen. Das wollten weder Victoria noch Philipp, aber es sah ganz danach aus. Mit Gefühlen des Hasses, Wut und Verzweiflung parkte Victoria ihren Wagen

in der Hofeinfahrt des Covet Anwesens. Sie verschwand kurz darauf mit wehenden roten Haaren im Haus.

*** ***

Detective Sanders folgte Victoria Covets Wagen seit einiger Zeit und stellte seinen, etwas in die Jahre gekommenen, schwarzen Dienstwagen neben dem weißen SUV ab. Einen Augenblick später drückte er den Klingelknopf der Villa. Spielten ihm seine Ohren einen Streich, oder hörte er einen Hund bellen? Detective Sanders wusste, dass die Covets kein Haustier hatten und das Nachbargrundstück lag ein ganzes Stück entfernt. Er lauschte angestrengt, doch da war nur Stille. Sanders zuckte zusammen, als die Tür schwungvoll geöffnet wurde. „Huch, Mrs. Covet! Hallo!", grinste er spitzbübisch. „Detective Sanders!", Victoria klang genervt. „Habe ich einen Hund bellen gehört?" „Bitte?" „Ich dachte, ich hätte einen Hund gehört. Egal! Ist ihr Mann zu Hause?" „Ja, aber er ist momentan sehr beschäftigt!" „Es dauert nicht lange. Ich habe nur noch ein paar Fragen." „Es passt gerade absolut nicht!", beteuerte Victoria Covet eindringlich. „Dann stelle ich ihnen zunächst die Fragen und vielleicht hat ihr Gatte danach kurz Zeit!" „Wir haben ihnen alles gesagt!", erwiderte sie schnippisch. Rick Sanders fuhr unbeeindruckt fort und schenkte ihren Einwänden keine Beachtung. „Mrs. Covet, wann waren sie und ihr Ehemann vor dem Brand das letzte Mal auf der Ranch?" Victorias grüne Augen funkelten den Detective giftig an. „Ich war jeden Tag auf der Ranch, wegen meinem Pferd. Mein Mann, keine Ahnung. Was hat das mit dem Brand zu tun?" „Kennen sie diese Uhr? Oder besser, erkennen sie diese Uhr?" Victoria Covet blickte angestrengt auf die Überreste.

„Sie gehört Alexander! Oh, mein Gott! Hat Alexander den Brand gelegt?", theatralisch schockiert, übertrieben legten sich ihre Hände an ihre blassen Wangen. „Haben sie die Uhr an Alexanders Handgelenk gesehen? Oder irgendwo im Haus, als sie am Freitag auf der Ranch waren?" „Daran kann ich mich beim besten Willen nicht mehr erinnern, bzw. Alexander war in der Klinik. Ich weiß nur, dass er die Uhr so gut wie nie ablegt. Sie war von Michael, ein wirklich wunderschönes Geschenk!", seufzte Victoria. Sanders steckte die kleine Asservatentasche, mit der verkohlten Uhr, wieder ein und machte sich Notizen, als er Schritte vernahm. Philipp Covet bog um die Hausecke und musterte verdutzt seine Frau, dann den Polizisten, dem das nervöse Zucken um Philipps Mundwinkel nicht verborgen blieb. „Hallo, Mr. Covet. Haben sie das Bellen gehört?" „Bellen?" „Ich glaube, ich sollte zum Ohrenarzt!", scherzte der Detective. Der trotzdem keinem Zweifel unterlag, einen Hund gehört zu haben. „Mr. Covet, ihre Gattin hat mir schon erklärt, dass sie sehr beschäftigt sind, aber ich habe noch Fragen. Wenn sie dafür kurz Zeit hätten!" „Ähm, sicher." „Gehen wir ein paar Schritte!"

Im Schatten der Villa war es angenehm zu dieser Tageszeit. „Stört es sie, wenn ich mir eine Zigarette anzünde?" Philipp schüttelte den Kopf. „Ein teures, unsinniges Laster.", entschuldigte sich der Detective grinsend, während er genüsslich einen langen, tiefen Zug nahm und den Rauchkringeln nachsah, die in den blauen Himmel aufstiegen. „Mr. Covet, wann waren sie vor dem Brand das letzte Mal auf der Ranch?" „Warum ist das wichtig?" „Wir ordnen penibel zu, wer wann auf der Ranch war, ob jemand etwas Außergewöhnliches bemerkt hat, wann dies war usw." „Uns ist nichts aufgefallen, das haben wir ihnen doch schon gesagt." „Das ist richtig. Trotzdem waren sie und ihre Gattin nicht immer zeitgleich auf der Ranch, oder? Waren sie stets dabei, wenn Victoria zu ihrem Pferd fuhr?" „Nein, das natürlich nicht." Erwartungsvoll sah Detective Sanders Philipp an. „Ich kann ihnen nicht sagen, wann ich auf der Ranch war. Sonntag. Vielleicht auch Montag." Sanders kniff seine Augen zu dünnen Schlitzen, notierte etwas und zog die Tasche mit der Uhr aus seinem Sakko. „Philipp, erkennen sie das?" Covet nahm die Tasche entgegen, kratzte sich am Kopf, drehte die kläglichen Überreste hin und her. „Das war Michaels Uhr, die er Alexander irgendwann geschenkt hat. Warum ist sie so verkohlt? Sie lag doch in der Schale auf dem Tresen – in der Küche." „Mhm, mhm, mhm ...", nickte der Detective. „Wissen sie, wie lange die Uhr dort schon lag?" Philipp zog die Schulter fragend in die Höhe. „Keine Ahnung! Ich sah sie dort liegen, aber wann, weiß ich nicht." „Die Uhr hätte also jeder aus der Schale nehmen können? Also, zumindest jeder, der sich in der Küche aufhielt?" Philipp zögerte, vielleicht den entscheidenden Moment zu lange. „Ja, ich denke schon.", murmelte er. Sanders nahm das Beweismittel wieder an sich, schob den Notizblock in die Brusttasche und reichte Philipp die Hand. „Danke, Mr. Covet. Das war es erst einmal. Auf Wiedersehen." „Auf Wiedersehen, Detective." Philipp zwang sich zu einem Lächeln, doch es wirkte maskenhaft.

Rick Sanders stieg in seinen Wagen und fuhr vom Grundstück.

*** ***

Die Ermittlungen stockten und es gab keine Fortschritte. Alexander blieb weiterhin der Hauptverdächtige.
Wieder und wieder schilderten Molly und Alex Detective Sanders das Szenario. Wer in den letzten Tagen auf der Ranch war, wann wer in den letzten Tagen auf der Ranch war, ob sich jemand ungewöhnlich verhalten hatte.
Bis auf Philipp Covets seltsamen Auftritt, am Donnerstagvormittag, war alles wie immer. Und da Philipp ein eigenartiger Typ Mensch war, stuften sie diesen Besuch als normal ein. Alexander haderte mit sich, dass er nicht mehr wusste, ob am Freitagabend seine Uhr noch in der Küche lag. Als er am Donnerstag in die Klinik fuhr, hatte er bemerkt, dass er die Uhr nicht trug. Doch da er spät dran war, verzichtete er darauf, umzudrehen und setzte seinen Weg fort. Molly glaubte sich daran zu erinnern, dass die Uhr am Freitag nicht mehr in der Schale lag. Aber wissen, oder gar beweisen, konnte sie dies auch nicht. Wer sollte denn die Uhr entwendet haben? Detective Sanders vermerkte sich trotzdem jede noch so unwichtig erscheinende Kleinigkeit. Langsam, aber sicher fühlte Alexander die Schlinge um seinen Hals enger werden. Er musste einen Weg finden, seine Unschuld zu beweisen. Aber wie?

*** ***

Alexander ritt die Weideflächen ab und hielt dabei Ausschau nach Cookie, der immer noch verschwunden war. Unerklärlich! Alles war suspekt und hirnrissig, angefangen beim Verschwinden des schwarzen Schäferhundes, dem schrecklichen Feuer und das Auffinden seiner Armbanduhr am Brandherd. Alex konnte sich keinen Reim darauf machen, wer ihm, oder ihnen schaden wollte. Es gab keine ´Feinde`. Ex-Freundinnen? Nein, die letzte Trennung lag Monate zurück und war vor seinem Abflug nach Afrika einvernehmlich geschehen. Wie aus heiterem Himmel fiel ihm Nea ein, bei der er sich als echter Kotzbrocken aufgespielt hatte. Doch Nea war in Deutschland und rein diese Tatsache machte sie aufgrund der lokalen Distanz unschuldig. Außerdem war sie zu gutherzig und lieb, als dass sie zu so einer grausamen Tat fähig wäre. Ein seltsames Gefühl breitete sich in seinem Körper aus. Alex war irritiert und griff sich verunsichert an seinen schwarzen Cowboyhut, während der Griff um Goblins Zügel fester wurde. Er hatte schon öfter mit dem Gedanken gespielt, Nea zu schreiben, um sich für sein fürchterliches Verhalten zu entschuldigen. Vielleicht war nun der richtige Zeitpunkt dafür, um auch ihr besonnenes Wesen für neue Erkenntnisse, bezüglich des Brandes, zu nutzen. Womöglich brachte Nea einen neuen Denkanstoß in die Ermittlung!

Alexanders Augen schweiften weiter über die Weiden, doch konnte er Cookie nicht entdecken, der vermutlich in Panik vor den Flammen geflüchtet war. Die Spurensicherung hatte glücklicherweise keine Knochenreste eines Hundes in der Asche entdeckt.

*** ***

Dass Molly und Alexander unschuldig waren, stand für Alenia und Nea außer Frage. Doch wer steckte hinter dieser verbrecherischen Tat?
Nea überließ es Alenia, auf der Ranch anzurufen. Sie hatte zu viel Angst davor, Alexander könnte das Gespräch entgegennehmen. Mit Fortschreiten der Schwangerschaft begann Nea, ihre Mutter mehr und mehr zu verstehen, denn sie steckte in einer vergleichbaren Lage, ob sie dem Vater ihres Kindes darüber in Kenntnis setzen sollte. Alexander hatte augenblicklich andere Probleme! Damit entschuldigte Nea ihre Feigheit und ließ ihre Umstände beiseite.

Ungeachtet ihrer Überlegungen, sah sie sich nun mit einer E-Mail konfrontiert, die sie überraschte und heftige Emotionen in ihr wachrief:

„Liebe Nea,

ich hoffe, du hast die E-Mail geöffnet und sie nicht gleich in den Spamordner, oder den Papierkorb verschoben. Ich will nicht lange um den heißen Brei herumreden. Mir ist in den letzten Wochen klar geworden, wie schrecklich ich mich euch, aber vor allem dir gegenüber verhalten habe. Ich war ein wirklicher Kotzbrocken. An deiner überstürzten Abreise trage ich die Schuld, nicht wahr! Es tut mir aufrichtig leid. Ich hoffe, dass sich für uns eine Möglichkeit ergibt, das Vorgefallene zu klären. Dieses Mal höre ich dir zu, ohne auszurasten. Bitte, nimm meine Entschuldigung an!

Nea, du kannst dir nicht vorstellen, wie beklemmend und unheilvoll es hier nach dem Brand ist. Das Feuer habe ich nicht gelegt, aber ich sehe keine Möglichkeit, meine Unschuld zu beweisen! Aus mir spricht die pure Verzweiflung. Molly ist nur noch ein Schatten ihrer selbst. Den Covets geht das Alles hier irgendwie am A**** vorbei, bzw. mein Eindruck ist, dass es ihnen nur um das Finanzielle geht. Cookie ist und bleibt verschwunden. Es fühlt sich an, als ginge alles den Bach runter. Sollten Alenia und du den kleinsten Hinweis haben, oder einen neuen Impuls für die Ermittlungen, dann flehe ich euch an, Detective Sanders darüber zu informieren. Bitte, Nea! Wir benötigen dringend eure Hilfe!

Viele Grüße

Alexander"

Wie sollte Nea auf diese Mail reagieren? Sollte sie reagieren? Aus seinem Schreiben sprach die ungeschönte Verzweiflung und Alexander reichte ihr die Hand zur Versöhnung. Doch wie ernst meinte er es mit dieser Entschuldigung? Alex hatte ihr eindeutig gezeigt, dass er sie mehr als verabscheute. Steckte hinter seiner Mail Berechnung, da ihm das Wasser bis zum Hals stand? Nea hatte nicht übel Lust, seinen Schrieb zu ignorieren. Unruhig, unstet und angespannt hastete Nea durch ihr Zimmer und führte Selbstgespräche. Sie schimpfte leise vor sich hin und rang mit ihren Empfindungen. Letztendlich gab sie sich einen Ruck und begann, Alexander zu antworten:

„Hallo Kotzbrocken,

das hast du sehr treffend formuliert!

Nach langer, reiflicher Überlegung, habe ich mich dazu durchgerungen, dir zu antworten. Mein Bauchgefühl sagt mir, dass du mich brauchst, um deinen Kopf aus der Schlinge zu ziehen. Doch, um Molly zu helfen und da mir die Ranch unseres Vaters ans Herz gewachsen ist, reagiere ich auf deine E-Mail.

Wenn ich mich nun in Rage schreibe, ist es ganz allein deine Schuld.

Ja, es lag zu 75 Prozent an dir, dass ich früher abgereist bin und zu 25 Prozent an deiner, ach so tollen Victoria. Wie konntest du dieser Frau von unserem One-Night-Stand erzählen? Bist du bescheuert? Kannst du dir irgendwie im Mindesten vorstellen, wie verletzend das für mich war, als Victoria mich damit konfrontiert hat? Sie hat mich auf ihre arrogante, harsche und überhebliche Art bloßgestellt. Darum bin ich zu dir auf die Weide gelaufen, weil ich wissen wollte, warum du dir ausgerechnet diese blöde Kuh als Verbündete ausgesucht hast. Auch wenn für dich unsere Nacht bedeutungslos war, konntest du nicht einfach die Klappe halten? Ich habe in meinem Leben noch nie einen Menschen getroffen, der mich mit seinem Verhalten und Auftreten so verwirrt hat wie du. Den einen Tag warst du super nett, wir haben gelacht und uns fantastisch unterhalten. Den nächsten Tag hast du mich so düster angesehen, dass ich Angst vor dir bekam. Du hast vollkommen recht, dass ich keine Ahnung vom Leben auf einer Ranch habe. Aber das ist, weiß Gott, keine böse Absicht von mir, sondern eine Tatsache! Das berechtigt dich keineswegs dazu, mich aufgrund dessen zu beschimpfen, oder gar anzugehen.

Ich bewundere dich, wie gekonnt und selbstsicher du mit Pferden, vor allem mit Goblin, umgehst. Doch noch mehr verdienst du meine Bewunderung für deine Loyalität gegenüber Molly. Du stehst ihr zur Seite, nimmst sie in Schutz und arbeitest bis zur Erschöpfung. Das muss auch mal gesagt werden, auch wenn du ein wirklicher Kotzbrocken bist.

Nun verlangst du von mir, dir zu glauben, dass du den Brand im Stall nicht gelegt hast. Das ist kein leichtes Unterfangen, da ich darüber vor deiner Mail schon viel nachgedacht habe. Ich zermarterte mir das Hirn, ob Victoria und du gemeinsame Sache machen und ihr die Ranch, aus irgendeinem perfiden Grund, aus dem Weg schaffen wollt. Dann habe ich mich an deinen Schicksalsschlag erinnert, den Verlust deines Elternhauses und deiner Eltern. Du magst ein widerliches Scheusal sein, aber kein schlechter, hinterhältiger Mensch. Als mir auch noch Philipps Anruf am Mittwoch vor dem Brand in den Sinn kam ….

Ich hoffe, du verdienst dir mein Vertrauen in dieser Sache wirklich. Meine Intuition sagt mir, dass du es nicht warst, aber die Covets ein dunkles Geheimnis hüten. Ich kann dir nicht erklären wieso, aber ich habe ein ungutes Gefühl!
Nea"

*** ***

Ehe Nea das Geschriebene überdenken konnte, drückte sie auf ´senden`.

Was sie während des Schreibens als furchtbar mutig und befreiend empfand, verwandelte sich in der nächsten Sekunde in Panik. Nea hastete zum Fenster und riss es ungestüm auf. Laue Abendluft strömte herein und sie konzentrierte sich auf die Geräusche der Stadt; das Schlagen der Kirchturmuhr, die Sirene des Krankenwagens, doch das beklemmende Gefühl in ihrer Brust blieb. Was würde Alex von ihr denken? Warum machte sie sich überhaupt Gedanken darüber? Er war der Vater ihres ungeborenen Kindes und sie musste sich eingestehen, irgendwo hegte sie Sympathie für ihn. Ihre Zeilen waren die ungeschönte Wahrheit und einfach so aus ihr herausgesprudelt. Es war Zeit ins Bett zu gehen und sie schloss das Fenster, aber ein erneuter E-Mail-Eingang weckte ihr Interesse.

„*Bist du noch wach? A.*"

Zentimeterweise schob sich Nea auf ihren Schreibtischstuhl und starrte auf die Mail.

„*Ja.*", tippte sie in Zeitlupe. „*Skypen?*"

Ihr rutschte das Herz in die Hose. Was sollte sie tun? Hastig blickte sie in den Spiegel über ihrem Schreibtisch. Sie sah müde aus, aber sonst ganz ok. Irgendwann musste sie sich einem Gespräch mit Alexander stellen. Warum also nicht jetzt?

„*Okay.*"

*** ***

Endlos scheinende Minuten vergingen, bis die Verbindung aufgebaut war und dann ...
„Hi."
„Hallo."
Betretenes Schweigen!
„Nea, ich ...", Alex rieb sich nach Worten ringend das Gesicht. „Ich weiß gar nicht, wo ich anfangen soll. Deine Mail hat mich aus allen Wolken fallen lassen." Stille!
„Nea, es tut mir schrecklich leid, wie es zwischen uns gelaufen ist. Aber du musst mir glauben, dass ich Victoria NICHTS von uns erzählt habe." Sie blinzelte und schwieg. „Ich vermute, sie hat mein Gespräch mit Mathew belauscht ..." „Du hast Mathew etwas erzählt!", quiekte Nea. „F**k! Ja, weil mich die Situation überforderte. Eigentlich wollte ich dich, oder euch hassen, aber dann wart ihr so nett ... und dann war da die Nacht und ... ich musste mich jemandem anvertrauen." „Du warst ein Ekelpaket! Du hast nur an dich gedacht, oder? Wie ich mich mit deiner Scheiß-Art fühlte, war dir egal. Du bist der allerletzte Mensch, den ich wiedersehen wollte! Du hast mich eingeschüchtert, bedroht, verletzt, verunsichert ..." Neas Stimme brach und Tränen rannen über die Wangen. „Scheiße, Nea. Bitte, nicht weinen. Ich kann mich nur entschuldigen und dich um eine zweite Chance bitten." Nea schniefte und sah in verzweifelte, graublaue Augen. Alexander blickte betrübt und ratlos in die Webcam. Nea so zu sehen, war eine Qual. Hastig wischte sie sich mit dem Ärmel über das Gesicht. „Glaub mir, Nea,

das wollte ich nicht. Ich, ... habe dich von Anfang an gemocht. Unsere Nacht war wunderschön!" Sollte sie ihm sagen, dass sie ebenso empfand, oder gar, dass diese Nacht nicht ohne Folgen blieb? „Und Victoria? Hast du mit ihr was?" „Quatsch! Nie im Leben! Sie hat mich angeflirtet und in mir regte sich der Verdacht, dass dies mit Berechnung geschah. Ich vermute, sie wollte mit meiner Hilfe an Informationen über die Ranch gelangen. Deshalb habe ich mich darauf eingelassen." ...

„Wie haben die Covets eigentlich auf den Brand reagiert?" „Panik um Belle, aber sonst mischen sie sich nicht ein und lassen uns in Ruhe. Was wollte Philipp von euch?" „Das war sehr kurios. Am Mittwoch vor dem Brand, das war der 10. Juli, hat er angerufen, war hektisch, aufgebracht und wirr. Er wollte, dass wir einen Vorvertrag unterschreiben, dass wir die Ranch nicht wollen, oder zumindest die Weideflächen freigeben. Philipp wurde richtig böse, weil Alenia und ich das erst mich euch besprechen wollten." „Kannst du das Detective Sanders so schildern?" Nea nickte. „Klar!" „Nea?" „Hm?" „Hast du etwas dagegen, wenn wir öfter skypen? Mir fehlt das, die Gespräche mit dir meine ich." Ein schüchternes Lächeln huschte über sein Gesicht und Nea reagierte ihrerseits mit einem selbigen. „Ich lass dich jetzt schlafen. Du siehst müde aus. Gute Nacht, Nea!" „Gute Nacht, Alex." Die Verbindung wurde getrennt, Nea klappte ihren Laptop zu und sank erschöpft ins Bett, wo sie gedankenverloren ihren Bauch streichelte.

*** ***

Detective Sanders saß an seinem Schreibtisch. Unzählige Notizblätter breiteten sich vor ihm aus und seine zusammengekniffenen Augen zeugten von angestrengtem Nachdenken. Irgendwas passte hier nicht ins Bild und der Anruf aus Deutschland verstärkte diese Vermutung des erfahrenen Ermittlers. Nea Katalina Bruch hatte ihm von Philipp Covets Anruf, am 10. Juli, berichtet. Die junge Frau wirkte am Telefon klar, aufrichtig und erinnerte sich an diverse Details des Gespräches. Dieses Puzzleteil fügte sich irgendwo in diesem ganzen Wahnsinn ein. Philipp Covet verheimlichte etwas, denn seine Aussage deckte sich nicht mit der von Molly Bennett, von wegen letztem Besuch auf der Ranch. Und dieser Anruf bei den Bruch-Zwillingen in Deutschland? Was ging hier vor? Konnte es sein, dass Philipp Covet den Brand gelegt hatte, um sich den Besitz seines Bruders unter den Nagel zu reißen? Wie kam dann aber die Uhr von Alexander Christopher Warren in den Stall? Sanders knubbelte mit zwei Fingern an seiner Unterlippe herum und grübelte, welche Beweggründe ein Covet für den Brand haben könnte. Neid? Hass? Geld? Für die ersten Gründe war es schwierig Nachforschungen anzustellen, doch für die finanzielle Lage, da konnte der Detective tätig werden.
Einige Telefongespräche und ein Treffen später, setzte sich Sanders triumphierend zurück an seinen Schreibtisch. Es war nicht leicht gewesen, Informationen über die Covets zu

bekommen, aber eine kleine undichte Stelle in der Finanzwelt gab es immer. Rick Sanders grinste zufrieden.

Er sortierte die Informationen. Da waren die gesundheitlichen Probleme von Victorias Pferd, mit der sich die hohen Überweisungen an den Tierarzt erklärten, die er auf den Auszügen fand. Der Polizist blätterte interessiert weiter in den Kopien der Bankbelege, suchte nach außergewöhnlichen Transaktionen, als er plötzlich stutzte. *„Anzahlung Vorkaufsrecht Flächen Bauvorhaben ..."* und wenige Tage später, *„Storno Anzahlung Vorkaufsrecht Flächen Bauvorhaben ..."*

Der Auftraggeber dieser Transaktion war ein Bauunternehmen in New York.

*** ***

Molly biss genüsslich in den, dick mit dunkler Schokolade überzogenen, Donut, als das Telefon läutete. Natürlich, wann auch sonst, dachte Molly, als sie sich hastig die Finger ableckte und das Gespräch entgegennahm. „Hallo?" „Hier ist Barbara Covet!" „Oh, Barbara ..." „Molly, ich verlange, dass ihr euren dämlichen Hund abholt. Brand hin, oder her! Wenn der Köter bis heute Abend nicht unser Grundstück verlassen hat, dann erschieße ich ihn eigenhändig, diesen alten Kläffer!" „Aber ... ?!" Barbara Covet hatte bereits aufgelegt.

Molly verstand die Welt nicht mehr. Was hatte dieser Anruf zu bedeuten? Sollte sie Barbara zurückrufen? War Michaels Mutter jetzt völlig durchgedreht? Wie sollte Cookie zu den Covets kommen? Das konnte nur ein Missverständnis sein!

*** ***

„Was genau hat Barbara Covet gesagt?" „Wir sollen unseren Hund abholen. Wenn wir das nicht bis heute Abend erledigt haben, dann erschießt sie ihn höchstpersönlich." Sanders nickte vielsagend. Seine Ohren hatten sich also doch nicht getäuscht und er hatte ein Bellen in der Covet Villa gehört. Molly suchte nach dem eigenartigen Anruf Rat bei Detective Sanders. Weder Alex noch sie hatten eine Erklärung, wie Cookie auf die Covet Villa gelangt sein sollte. „Molly, sagt ihnen die Firma ´Luxury Home Real Estates` etwas? „Nein, noch nie gehört." „Hat Michael vielleicht Pläne geäußert, dass er etwas an den Ländereien der Ranch verkaufen möchte?" Molly schüttelte den Kopf. „Das ist mir nicht bekannt. Warum?" „Einzelheiten kann ich ihnen nicht nennen, aber wir folgen einer neuen Spur und dafür ist dieses Detail wichtig. Überlegen sie also, bitte, noch einmal. Michael nannte nie dieses Unternehmen?" „Nein, Detective!" Molly drehte das Glas mit Eistee in ihren Händen. Die Eiswürfel schlugen gegen den Rand und erzeugten einen hellen Klingelton. „Was sollen wir nun tun? Ich meine, wegen Cookie, der angeblich bei den Covets ist." Sanders trank einen Schluck des erfrischenden Tees und in seinem Kopf entwickelte sich aus der Spur ein reeller Verdacht, doch musste er abwarten, was das Gespräch mit dem Bauunternehmen ergab. Sein Handy zog mit lautstarkem Läuten die Aufmerksamkeit auf sich. „Entschuldigen sie mich, Molly ... Ja, hier Sanders ..." Molly blickte dem Polizisten nach, der die Stufen der Veranda langsam hinabstieg, sich vom Haus entfernte und telefonierte. Sie konnte wenige Worte aufschnappen, der Wind trug den Schall in die andere Richtung. Ihr einziger Wunsch war es, dass dieser Wahnsinn ein Ende fand. Seit Michaels Tod entglitt ihr das Leben und sie wusste nicht, wie sie es wieder auffangen konnte. Als Alenia und Nea zu Besuch waren, herrschte ein munterer Trubel auf dem Anwesen und das vermisste Molly schmerzlich. Ob die Mädchen jemals wieder nach Phoenix zurückkamen?

Das Furchtbarste zurzeit war, dass Molly und Alex allen gegenüber ihre Unschuld beteuerten, den Brand nicht gelegt zu haben. Ob ihnen Glauben geschenkt wurde, stand auf einem anderen Blatt. Zumindest hatte Nea dem Detective von Philipps penetrantem Drängen auf einen Vorvertrag erzählt, was sich mit ihrer Aussage deckte. Irgendwie musste sich das doch aufklären. Molly erschrak, als Sanders plötzlich vor ihr stand. „Molly, folgendes – sie fahren gegen 18.00 Uhr zu den Covets und schauen, ob Cookie wirklich dort ist und holen ihn heim." „Aber warum sollte Cookie dort sein?", irritiert und fragend sah Molly den Detective an. „Molly, vertrauen sie uns!" „Ok, dann bin ich gegen 18.00 Uhr bei den Covets." Rick Sanders leerte das Glas Eistee im Stehen, machte auf dem Absatz kehrt und eilte zu seinem Dienstwagen. Verständnislos blickte Molly Bennett ihm nach.

*** ***

Philipp Covet war den ganzen Tag geschäftlich unterwegs und der Anruf der Polizei verursachte Magengrummeln. Unruhe machte sich in ihm breit, so dass er nervös im Verhörraum saß, an der Nagelhaut herum zupfte, während Detective Sanders Unterlagen sortierte und sich schließlich an Philipp wandte. „Mr. Covet, danke, dass sie es heute einrichten konnten. Es sind ein paar offene Fragen zu klären, die ihnen zu beantworten sicher nicht schwerfallen werden. Zur Sicherheit lasse ich das Tonbandgerät mitlaufen, um alle Informationen parat zu haben, ja." Das freundliche Lächeln des Detectives half Philipp wieder zu mehr Selbstsicherheit, auch wenn er von der Tonaufnahme nicht begeistert war. „Kein Problem, ich helfe gerne, wenn ich kann." „Mr. Covet, laut meinen Aufzeichnungen aus unserem letzten Gespräch, gaben sie an, Sonntag, oder Montag vor dem Brand, auf der Ranch ihres verstorbenen Bruders gewesen zu sein. Ist das richtig?" „Ja, genau, das stimmt.", nickte Philipp eifrig. „Mr. Covet, kann es sein, dass sie sich am Tag geirrt haben? Dass es der Donnerstag war?" Philipp Covet erschrak sichtlich. Es war das nervöse Zusammenzucken, das Rick Sanders registrierte. „Molly Bennet gab zu Protokoll, dass sie am Donnerstag auf der Ranch waren und einen scheinbar aufgelösten Eindruck hinterließen." Unruhig begann Philipp, auf seinem Stuhl hin und her zu rutschen. „Donnerstag – war das Donnerstag? Kann sein, sie wissen, wie das ist, wenn viel zu tun ist. Ha-ha!" Ein unechtes, aufgesetztes Lachen entfuhr ihm.

„Warum wirkten sie aufgelöst auf Molly?" Philipp zuckte mit den Schultern. „Keine Ahnung, wie sie darauf kommt. Ich war nur gestresst." „Gestresst von?" „Arbeit, Entscheidungen ..." Detective Sanders braune Augen lagen unbeeindruckt auf seinem Gegenüber. „Ist es richtig, dass sie gerne vorab eine Regelung mit Molly, zur Überschreibung der Weideflächen, getroffen hätten? Warum?" Philipps Gesicht bekam rote Flecken und seine Antwort verzögerte sich. „Die Erbregelung ist schwierig und es dauert alles unsäglich lange. Es werden keine Entscheidungen getroffen, sondern alles so larifari, wie Frauen halt sind. Da wird alles erst einmal tot gequatscht!" „Sie wollten deshalb am Mittwoch auch eine Entscheidung der deutschen Erben." „Was?" Mit panischen Augen starrte Philipp den Ermittler an. „Wozu wollten sie dringend einen Vorvertrag?" Schweißperlen bildeten sich auf der Stirn des Befragten. „Wie ich schon sagte, ich wollte eine Entscheidung." Philipp Covet fühlte sich mehr und mehr in die Enge getrieben. So hatte er sich den Verlauf des Gespräches nicht vorgestellt. „Mr. Covet, in welchem Kontakt stehen sie mit `Luxury Home Real Estates´?" „In geschäftlichem." „Mr. Covet, ist es richtig, dass sie dem Bauunternehmen vor kurzem ein Grundstück zum Kauf angeboten haben? Kann es sein, dass dafür ein Teil des Kaufpreises bereits geflossen ist? Und kann es sein, dass es sich bei dem Grundstück, um die Weideflächen der Ranch ihres Bruders handelt?" Mit hochrotem Kopf sprang Philipp Covet auf. „Ohne meinen Anwalt sage ich gar nichts mehr!" „Das steht ihnen natürlich frei.", erwiderte Rick Sanders gelassen.

*** ***

„Wie kommen sie nur auf die hirnrissige Idee, dass wir finanzielle Probleme haben?", keifte Victoria, in ihrer arroganten Art, die Polizistin an. „Ich finde es eine bodenlose Frechheit, dass ich mich hier so kurzfristig einfinden musste und nun stellen sie mir gänzlich unangebrachte Fragen. Außerdem finde ich es skandalös, dass nicht einmal Detective Sanders zugegen ist, der uns kennt und weiß, in welcher namhaften Stellung die Familie Covet in Phoenix und Arizona steht. Ich denke, das Gespräch ist beendet." Sprachs und erhob sich, als in diesem Moment die Türe geöffnet wurde. „Mrs. Covet, nehmen sie doch, bitte, wieder Platz." „Detective Sanders, was fällt ihnen ein, bzw. ihrer jungen Kollegin, mir solch ungeziemende Fragen zu stellen, von wegen finanzieller Situation der Familie Covet. Sie werden von unseren Anwälten hören!" „Das denke ich auch, Mrs. Covet. Ihr Ehemann telefoniert im Nebenraum schon mit einem ihrer Anwälte und sie sollten dies womöglich auch besser tun. Aber nicht aufgrund unserer unangemessenen Fragen!"

*** ***

Molly parkte ihren silbernen, etwas zerbeulten Pickup vor der Villa der Covets. Haus und Anwesen ruhten friedlich unter der langsam sinkenden Sonne, die ihre Strahlen heiß und erbarmungslos auf die trockene Erde Arizonas treffen ließ.

Da war zwar die Neugier, die Molly antrieb, doch konnte sie sich etwas Schöneres vorstellen, als sich in wenigen Augenblicken mit Barbara Covet konfrontiert zu sehen. Wenigsten schienen weder Philipp noch Victoria zu Hause zu sein, da die beiden Luxuskarossen nicht auf dem Hof standen.

Das schrille Klingeln der Türglocke hallte in den Ohren und Molly schüttelte den Kopf, um das Geräusch abzuschütteln. Ein Dienstmädchen öffnete und bat um einen Moment Geduld. Michaels Mutter war eine faszinierende Frau, das musste Molly eingestehen, als Barbara Covet ihr wenige Sekunden später gegenübertrat. Trotz ihres Alters versprühte sie eine jugendliche Ausstrahlung. Nur die Kälte in ihren Augen und der harte Gesichtsausdruck trübten diesen Anschein und verrieten Lebenserfahrung und das wahre Alter. Michaels Tod war definitiv ein entsetzlicher Schicksalsschlag in Barbaras Leben, doch Molly konnte nicht verstehen, dass man so emotionslos, steif und förmlich reagierte. „Hallo, Barbara." „Molly, euer Hund ist im Garten!" „Aber, warum ist Cookie bei euch?" „Möchtest du mich mit deiner Frage zum Narren halten?" „Barbara, das ist eine absolut ernst gemeinte Frage! Wir haben das ganze Gelände nach Cookie abgesucht, doch er blieb nach dem Brand verschwunden. Dann kam von dir heute Morgen dieser ominöse Anruf." Zwischen Barbara Covets Augenbrauen bildeten sich tiefe Denkfalten und sie blickte Molly verdutzt an. „Aber, Victoria und Philipp sagten doch, dass du darum gebeten hast, Cookie ein paar Tage hier aufzunehmen." „Das habe ich sicher nicht!", energisch schüttelte Molly den Kopf.

Sie durchquerten das große Haus und gelangten an die Terassentür, die Barbara öffnete. Molly folgte ihr und konnte ihren Augen nicht trauen. In einem provisorischen Gatter jaulte und bellte Cookie herzerweichend. Das Gejaule verstummte augenblicklich, als Molly auf den schwarzen Hund zurannte.

*** ***

Entspannt ruhte Cookie zu Mollys Füßen, die mit Barbara Covet auf der Terrasse saß. „Unglaublich, dass das derselbe Hund ist, der Tag und Nacht, mit seinem Gewinsel und Gejaule, meine Nerven strapaziert hat." „Ich frage mich, warum Victoria und Philipp Cookie hierhergebracht haben, mit dieser abstrusen Erklärung." Barbara Covet strich sich frustriert und sichtlich mitgenommen über die Augen. „Molly, ich verstehe die jungen Leute schon lange nicht mehr. Nachdem beide auch noch heute aufs Polizeirevier mussten…" Das erste Mal ließ Michaels Mutter Schwäche erkennen und Molly verspürte Mitleid. Doch sie verstand jetzt auch, warum sie zu einer bestimmten Uhrzeit zu den Covets fahren sollte. Detective Sanders hatte Philipp und Victoria vom Anwesen gelockt. Was ging hier vor?

*** ***

Rick Sanders war auf der richtigen Spur. Er würde Philipp Covet eher weichkochen, als Victoria. Die Eheleute saßen immer noch getrennt voneinander in den Verhörräumen. Inzwischen allerdings mit ihren Anwälten. Detective Sanders gab ihnen noch 15 Minuten!

„Mr. Covet, ich weise sie darauf hin, dass ihre Aussage aufgenommen wird. Auf ihren Wunsch, steht ihnen ihr Anwalt zur Seite und hatte vor diesem Verhör Zeit, sich mit ihnen zu beratschlagen. Wenn sie mir dies, bitte, mit einem lauten ´ja` bestätigen." „Ja.", presste Philipp hervor und versank förmlich auf seinem Stuhl. „Nach Absprache mit meinem Mandanten, haben wir uns darauf geeinigt, ihnen bei der Befragung, zum Brand auf der Covet Ranch, soweit es uns möglich ist, behilflich zu sein. Ich möchte sie bitten, dies in ihren Unterlagen, begünstigend für meinen Mandanten, zu vermerken." Der Ermittler sah den Anwalt mit einem triumphierenden Gesichtsausdruck an. Diese Erklärung des Anwaltes, bedeutete quasi ein Geständnis. „Mr. Covet, bereits Anfang Juli 2019 traten sie in Kontakt mit dem New Yorker Bauunternehmen ´Luxury Home Real Estates`, welches in Phoenix und Umgebung, auf der Suche nach Baugrundstücken war. Ist es korrekt, dass sie die Weideflächen zum Kauf angeboten haben, die sich im Moment im Besitz der Erbengemeinschaft Bennett / Warren / Bruch / Covet befinden? Ist es richtig, dass sie ..."

Die Ausführungen des Detectives wurden jäh unterbrochen, als aus dem Nebenzimmer lautes Geschrei zu vernehmen war. Erschrocken sprang Rick Sanders auf und hastete zur Tür.

*** ***

„Ich hasse mein Le-eben! Ich hasse, hasse, hasse ALLES!" Victoria Covet stand in der Mitte des Verhörraumes. Ihr filigranes Gesicht verzerrt zu einer Fratze. Ihr Anwalt und die anwesende Polizistin waren zutiefst erschrocken. Victorias Hände waren krallenartig verkrampft, ihr zierlicher Körper bebte und zitterte unter ihren Worten. „Angela, ruf einen Krankenwagen!", wies Sanders seine Kollegin an. „Sie – verlassen das Zimmer!", deutete er Victorias Anwalt, der dies, ohne Zögern, fluchtartig, tat. Philipp war in einigem Abstand dem Detective gefolgt. „Victoria, beruhig dich! Wir stehen das gemeinsam durch.", versuchte er, seine Ehefrau zu besänftigen. Doch pure Wut blitzte aus ihren Augen, als ihr Blick auf Philipp traf. Sie griff nach einem der Stühle, so als wollte sie ihn nach ihrem Ehemann werfen. „Pah! Gemeinsam schaffen. Du Null! Du Riesenbaby! Du bist doch zu allem zu dämlich! Nichts bekommst du auf die Reihe – NICHTS!" Sanders musterte Philipp, der unter den harten Worten immer mehr zusammensackte. „Du hast MIR alles zu verdanken! Mir steht die Ranch deines Bruders zu. Wenn ich mich damals von ihm hätte schwängern lassen und nicht Anna. Ihn wollte ich und nicht dich – du Zweitbesetzung ..." Detective Sanders hatte die Eheleute zwar mit purer Absicht gegeneinander ausgespielt, doch er hatte nicht im Traum daran gedacht, welche substanziellen Probleme unter der Oberfläche, dieser scheinbar perfekten Ehe, brodelten. Seine Menschenkenntnis hatte Victoria von Anfang an misstraut und als der Detective sah, wie die wütenden Beschimpfungen und Beleidigungen Philipp zusetzten, zog er die Reißleine. Sanders gab seiner Kollegin einen Wink und die beiden Ermittler überwältigten Victoria, die sich wie ein tollwütiges Tier nach Leibeskräften wehrte. Philipp Covet war kreidebleich, entmutigt, schockiert und aufs Tiefste verletzt. Er wischte sich mit einem Taschentuch den Schweiß von der Stirn, atmete tief ein, besann sich seiner Würde und ging zurück in ´seinen` Verhörraum. Handschellen fixierten inzwischen Victorias Handgelenke, doch sie trat, keifte und wehrte sich immer noch gegen die Beamten.

*** ***

„Der Arzt hat ihrer Frau ein Sedativum verabreicht und der Krankenwagen bringt sie ins Arizona State Hospital. Es handelt sich wohl um einen Nervenzusammenbruch, der in der psychiatrischen Klinik, am besten zu behandeln ist." Sanders wartete, doch Philipp zeigte keine Reaktion. „Mr. Covet?" „Ich möchte ein Geständnis ablegen." Mit allem hatte der erfahrene Detective gerechnet, doch damit, in dieser Situation, überhaupt nicht. „Ok, Philipp. Sind sie sicher?" „Ja, Detective Sanders." Philipps Augen waren klar und seine Stimme fest und bestimmt, so dass auch der anwesende Anwalt bestätigend nickte. So begann Philipp Covet die wahre Geschichte, des Brandes, zu erzählen ...

„Nur einmal wollte ich, dass Victoria zufrieden mit mir ist und meine Mutter stolz auf mich, dass ich ein großes Geschäft allein zum Abschluss gebracht habe. Doch die Seifenblase zerplatzte, wie so viele schon in meinem Leben. Ich konnte nicht mehr klar denken, nicht mehr schlafen, weil ich ständig die Geldforderungen der ´Real Estate` im Kopf hatte. Ich wollte meine Mutter nicht darum bitten, meinen Fehler, aus dem Familienvermögen zu begleichen. Doch die Schlinge, um meinen Hals, wurde immer enger. Es war Victoria, die auf den Plan mit der Brandstiftung kam, um die Versicherungssumme für ihr Pferd zu kassieren, das über kurz oder lang sowieso eingeschläfert werden muss. Meine Gedanken waren vernebelt, zu fokussiert auf den finanziellen Schaden, der uns durch den geplatzten Verkauf entstand, als dass ich klar denken und Victoria von diesem perfiden Plan abbringen konnte. Mir ist absolut schleierhaft, wie ich mich zum Handlanger, in dieser Sache, habe machen lassen. Wahrscheinlich war es die Panik, Victoria zu verlieren, oder vor meiner Mutter, als unfähiger Geschäftsmann dazustehen. Wenn ich nun in Ruhe an die letzten Jahre zurückdenke, dann habe ich mir lange etwas vorgegaukelt. Sie haben gehört, was mir Victoria an den Kopf geknallt hat und das war mir irgendwo, tief drinnen, bereits bewusst. Für meine Frau war ich die Zweitbesetzung, weil sie mein Bruder nicht wollte. Ich half ihr, ihren unterschwelligen Hass gegen alles, was mit Michael zusammenhing, auszuleben.

Victoria hat Alexanders Uhr aus der Küche entwendet und dem zwielichtigen Subjekt, das für Geld den Brand legte, übergeben. Ich habe am Abend, als die Ranch ruhig und friedlich dalag, Cookie mit präparierten Würstchen, die Betäubungsmittel enthielten, außer Gefecht gesetzt, ins Auto getragen und zu uns in die Villa gebracht …"

*** ***

Die Stille im Raum wurde nur durch das Surren des Ventilators durchbrochen. Philipp Covet saß mit gesenktem Haupt auf seinem Stuhl. Sein Anwalt blickte regungslos zu Sanders. Auch wenn der Detective Mitleid mit Philipp empfand, wusste er, dass die Anklage `Beihilfe zu einer Straftat´ lauten würde. Wenn Covets Anwalt auf Anstiftung durch Victoria plädierte, könnte dies die Strafe mildern, doch nach dem heutigen Auftritt von Victoria Covet, war gar nicht sicher, ob diese überhaupt angeklagt werden konnte, oder wegen verminderter Schuldfähigkeit, oder gar Schuldunfähigkeit, davonkam. Detective Sanders klappte sein Notizbuch zu, strich fast liebevoll über den zerfledderten Einband. „Möchten sie mit ihrem Mandanten noch ein Gespräch führen?" „Nein, Detective. Wir wissen beide, wie die Sachlage steht und ich werde dementsprechend meine Verteidigung auslegen." Sanders nickte und erhob sich schwerfällig vom Stuhl. „Mr. Covet, dann möchte ich sie bitten, sich zu erheben und die Hände auf den Rücken zu legen. Ich verhafte sie wegen Beihilfe zur vorsätzlichen Brandstiftung in der Absicht, eine andere Straftat zu ermöglichen. Sie haben das Recht zu schweigen …"

*** ***

„Molly, es tut mir schrecklich leid, was passiert ist und ich werde es wieder gut machen. Bitte, verzeiht mir! Philipp"

Traurig und erschüttert las Molly diese Zeilen, während sie sich mitgenommen auf ihre Arme am Esstisch stützte. Hätte er doch ehrlich mit ihnen gesprochen. Sie hätten sicher eine Lösung gefunden. Wie wollte er das wiedergutmachen?

Auch wenn der Brand geklärt war, fühlte Molly kaum wirkliche Erleichterung. Sie war entsetzt von den Geschehnissen, der hinterhältigen Tat und Victorias wahrem Gesicht. Erschrocken zuckte sie zusammen, als die große Uhr im Wohnzimmer mit 12 Schlägen den Zenit des Tages, die Mittagsstunde, verkündete. „Highnoon.", murmelte Molly und blickte aus dem Fenster, hinaus auf die Ländereien der Covet Ranch, die in der flirrenden Mittagshitze lagen.

Teil 3

Sonnenuntergang

*** ***

Michael Covets Tod entlarvte fürchterliche Wahrheiten und setzte einen Strudel an Problemen in Bewegung, dessen Sog alles und jeden, rund um die Covet Ranch, in den Abgrund zu reißen schien.

Donner grollte und dicke, bedrohliche Wolkenberge schoben sich über die Camelback Mountains. Mit den ersten, dicken Regentropfen wurden die großen, schwarzen Regenschirme aufgespannt. Barbara Covet wurde von ihrem Chauffeur zum Auto geführt. Tapfer hatte sie die Kondolenzbezeugungen ertragen. Ihre Mimik blieb starr, ohne Gefühlsregung. Kleine Gruppen der Trauergesellschaft standen zusammen, unterhielten sich leise tuschelnd und sahen sich verstohlen zu Victoria Covet um. Bewacht von einem Polizei-Officer und einem Pfleger, der psychiatrischen Klinik, durfte sie an der Beerdigung ihres Mannes teilnehmen. Trotz ihrer ´Begleiter` machte sie mit ihrem Auftreten, dem Namen Covet alle Ehre. Der breitkrempige, schwarze Hut saß elegant auf ihrem wundervoll glänzenden, roten Haar, welches, in einem geflochtenen Zopf, über ihren schmalen Rücken fiel. Das teure Etuikleid schmiegte sich an ihren Körper und ihre Augen wurden durch eine edle Markensonnenbrille verdeckt. Alexander und Molly wurden sofort eingehend taxiert, als sie sich der Witwe näherten. „Victoria?" „Ja!", gellte ihre Stimme schroff. „Victoria, wir möchten dir unser tiefes Mitgefühl aussprechen." „Warum? Um euch in eurem Erfolg zu suhlen?" „Was passiert ist, wollte keiner von uns!" Erschüttert und betroffen senkte Molly ihren Blick. Victorias Brust hob und senkte sich und ihre Mundwinkel zuckten unkontrolliert. Sie nahm die dunkle Sonnenbrille ab und zischte: „Ich hasse euch! Ihr habt mir alles genommen. Und ich werde dafür sorgen, dass euch das Gleiche widerfährt. Philipp hätte eure Hilfe benötigt, doch ihr habt ihn auf dem Gewissen! Verschwindet, sonst lasse ich euch festnehmen!" „Victoria, wir wussten nicht ..." „Halt die Klappe, du hinterhältiges Miststück!", fuhr Victoria Molly an, die zurückschreckte und verstummte. „Ich möchte gehen!" Hocherhobenen Hauptes stolzierte die junge Witwe davon. Alexander und Molly blieben perplex zurück. Sie hatten durch Detective Sanders von Victorias Nervenzusammenbruch gehört und der perfiden Brandstiftung, aus Hass. Die Tat war abscheulich und die Gerechtigkeit würde siegen, aber einen Selbstmord, weitere Anschuldigen und Drohungen, das wollten weder Molly noch Alex! Es war einfach genug! Auf der Covet Ranch sollte wieder Ruhe einkehren. Traurig und hilflos verließen sie den Friedhof. Victorias Worte hallten allerdings in ihren Köpfen nach. *„... ich werde dafür sorgen, dass euch das Gleiche widerfährt!"*

*** ***

Es fühlte sich für Barbara Covet an, als beträte sie verbotenes Land, als sie ihren Fuß auf den Hof der Covet Ranch setzte. Hier hatte sich Michael also ins Exil geflüchtet, dass er für Anna und sich gebaut hatte. Doch es wurde nie zu dem Zuhause, dass er sich wünschte. Erschöpft und bedrückt starrte Barbara Covet auf das Haus. In den letzten Wochen verbrachte sie viel Zeit mit Nachdenken und sie hatte erkannt, wie lieblos und egoistisch sie zu ihren Kindern gewesen war. Teilweise aus dem oberflächlichen Grund, das perfekte Familienbild, oder die Familienehre der Covets, aufrecht zu halten. Sie konnte das Geschehene nicht mehr rückgängig machen, doch wollte sie versuchen, den letzten Willen, ihrer beiden Söhne, zu erfüllen. Barbara Covet war dankbar, dass ihr Mathew Hawkins, nach Philipps Beerdigung, ein offenes Ohr schenkte und sie heute auf die Ranch begleitete. „Alles in Ordnung, Mrs. Covet?" Besorgt sah sie der junge Notar an. Sie nickte und stieg bedächtig die Stufen zum Eingang hinauf.

*** ***

Der Besuch Barbara Covets war ein überraschendes und zugleich befremdliches Ereignis. Weder Alexander noch Molly wussten, was dies zu bedeuten hatte. Aber der Sachverhalt, dass Mathew ebenfalls anwesend war, ließ vermuten, dass es um das Erbe ging. „Wie ihr euch denken könnt, hat mein Besuch mit Philipps Tod zu tun. Mr. Hawkins, wenn sie, bitte, Weiteres ausführen." Mat nickte und schlug seine Aktenmappe auf, in der ein Stapel Unterlagen ordentlich sortiert lag. „Mrs. Covet suchte Rat bei mir, da Philipp vor seinem Tod ein Schreiben verfasste, in dem er seine Mutter um Hilfe bat, seinen letzten Willen zu erfüllen. Dieser Wunsch steht im direkten Zusammenhang mit der Covet Ranch und damit auch mit Michaels Erbe. Mrs. Covets Anliegen ist es, dies mit euch, heute zu besprechen. Möchten sie die Details schildern?" „Ja." Es dauerte einige Augenblicke, bis Barbara Covet fortfuhr. Mit zittrigen Fingern strich sie die Linien der Holzmaserung nach, die dem massiven Tisch seinen Charakter verlieh. „Ich muss mich entschuldigen, dass ich erst heute, den Weg zu euch gefunden habe. Und dass, nachdem mir das Schicksal auch meinen zweiten Sohn nahm. Zusätzlich zu seinem Testament hat Philipp ein zweites Schreiben an mich persönlich gerichtet, mit dem er mir die Augen öffnete. Mehr möchte ich allerdings dazu nicht sagen." Betretenes Schweigen erfüllte den Raum. „Molly", knüpfte Barbara schließlich an, „wir beide wissen, dass das Betreiben einer Ranch ein harter Knochenjob ist. Trotz der Hilfe der

Cowboys, wird vor allem der finanzielle Aspekt früher, oder später als Problem aufkeimen. Wir müssen die Tatsache nicht schönreden, dass jemand mit Expertise für die Rinderzucht fehlt." Molly nickte bestätigend. „Alexander Christopher, ich weiß, dass Michael sehr stolz auf dich war. Du warst in seinen Augen der geborene Mediziner! Du liebst zwar Pferde und scheust die körperliche Arbeit nicht, aber dein Platz ist in einem Krankenhaus. An den ganzen, tragischen Geschehnissen, rund um den Brand, trage ich eine Mitschuld. Meine Erwartungshaltung Philipp gegenüber, trieb ihn in die Mittäterschaft und die Ausweglosigkeit. Er konnte und wollte mit diesem Schamgefühl nicht mehr leben und sah keinen anderen Ausweg, als sich das Leben zu nehmen." In Barbaras Ausdruck war Trauer, Gram und Schuld zu lesen. „Philipp bat mich, euch eine Idee zu unterbreiten. Mr. Hawkins!" „Philipp hatte eine, so wie ich finde, grandiose Idee!", strahlte Mathew. „Um die Arbeit auf der Ranch zu minimieren, eine finanzielle Absicherung zu schaffen und Michaels Erbe für euch und in seinem Sinne zu erhalten, schlug Philipp vor, einen Großteil der Weideflächen, an ´Luxury Home Real Estates` zu verkaufen. Damit wäre sein Name gegenüber der geschäftlichen Verpflichtung reingewaschen und der Vorvertrag mit der Baufirma erfüllt. Mit den damit zur Verfügung stehenden Mitteln, kann der Stall für die Pferde wieder errichtet und einige Tiere hinzugekauft werden. Das Ranch-Haus erhält eine neue Bestimmung, in dem es umgebaut und als Therapiezentrum, für traumatisierte Kinder, genutzt wird.

Alexander, du erhältst die medizinische Leitung und Molly, dir obliegt die Verwaltung und die Betreuung der Therapiepferde." „Aber, der Verkauf der Weiden wird diese Kosten nicht komplett abdecken." „Doch, wenn Philipp etwas konnte, war es verhandeln. Das Angebot der `Real Estate´ liegt wesentlich über dem Schätzwert der Flächen!", erklärte Barbara Covet sichtlich nervös. „Was sagst du dazu, Alex?" „Ich bin überfordert, muss ich gestehen. Auch wenn sich die Idee, mit dem Therapiezentrum, wirklich fantastisch anhört...." „Ich weiß nicht, wie ich mich an das Bauunternehmen wende, wie der Ablauf ist ..." „Ihr müsst euch in diesem Fall um nichts kümmern! Ich stelle euch unsere Anwälte zur Verfügung, die die Abwicklung übernehmen." „Was sagen Alenia und Nea dazu?", blickte Alexander Mathew fragend an. „Ihr seid die direkt Betroffenen und deshalb war der erste Schritt, euch die Idee zu unterbreiten." „Alex, ich möchte einen Schlussstrich unter all den Kummer ziehen und in die Zukunft schauen. Ich finde den Gedanken, hier Kindern zu helfen, einfach wunderbar!" Ein warmherziges Lächeln erschien auf Mollys Gesicht. „Ja, ich denke, das ist in Michaels Sinn!", nickte Alexander. „Dann informieren wir Nea und Alenia und nach derer Zustimmung wird die `Real Estate´ kontaktiert." „Mathew, sie haben meine Vollmacht und Philipps Schreiben, mit dem das ausgeführt werden kann?" „Selbstverständlich, Mrs. Covet." „Aber, was ist mit Victoria?", warf Molly ein. Noch ehe Barbara diese heikle Frage beantworten konnte, reagierte der Notar. „In seinem handschriftlichen Testament schloss Philipp seine Ehefrau komplett aus den weiteren Entscheidungen aus und enterbte sie aufgrund der vorgefallenen Ereignisse. Des Weiteren stellt sich im Moment die Frage, in welchem geistigen Zustand sich Victoria befindet, ob sie nicht unter Pflegschaft gestellt wird. Sollte sie dennoch Anspruch auf den Pflichtteil erheben, wird Barbara Covet diesen Teil ausbezahlen. Michaels Vermögen und Erbe bleibt gänzlich unberührt." „Danke, Barbara!" Molly war tiefbewegt und schlicht dankbar, dass sich nun alles zum Guten wendete. „Das hätte ich schon lange tun müssen. Ich kann mich nur entschuldigen und ich hoffe, dass mir Michaels Töchter eine zweite Chance geben." „Das werden sie sicher!", nickte Alex milde lächelnd. „Ich habe eine Bitte. Darf ich Michaels Zimmer sehen?", ersuchte Barbara mit leiser Stimme. „Selbstverständlich! Ich begleite dich nach oben."

*** ***

Molly öffnete die Tür zu Michaels Zimmer und Barbara betrat bewegt den Raum. Sie sah sich um, trat langsam ans Bett, legte ihre Hand auf das Kissen und setzte sich. Tränen rannen, der sonst so starken Persönlichkeit, in dicken Rinnsalen über die Wangen. Molly hatte viel erwartet, aber dies nicht. Sie kannte Barbara Covet seit sie denken konnte und dachte immer, dass diese Frau keine Emotionen, geschweige denn Tränen hatte. Nun saß sie wie ein Häufchen Elend hier im ehemaligen Zimmer ihres ältesten Sohnes und weinte bitterlich. Molly setzte sich zu ihr und weinte mit. Es vergingen Minuten, dann verebbten die Tränen und die beiden Frauen saßen einfach nur da. „Barbara, darf ich etwas fragen?", unsicher blickte Molly in die rotverquollenen Augen der alten Dame. „Wusstest du von Alenia und Nea?" Peinsam berührt senkte Barbara Covet ihren Blick. „Ja, ich wusste es von Anfang an." „Aber, Michael hat nie etwas erwähnt." Energisch schüttelte Barbara ihren Kopf. „Michael hat von seinen Töchtern nichts geahnt. Erst vor einigen Monaten habe ich ihn mit dieser Tatsache konfrontiert und dies quasi als Druckmittel verwendet." „Warum?" „Molly, Anna passte unserer Ansicht nach nicht in die Familie. Michael war aber völlig vernarrt in sie. Joseph und mein Wunsch war es, dass Victoria Michaels Frau wird." Mollys Augen wurden größer und größer. „Was ist dann geschehen?" „Unschöne Dinge, die ich lieber für mich behalte. Zu diesem Zeitpunkt war Anna schon schwanger. Unser Plan ging aber nicht auf. Wir brachen Michael das Herz und er wendete sich komplett von uns ab. Nur zu Philipp blieb ein sporadischer Kontakt erhalten und als Michael vor wenigen Monaten zu Besuch war, eskalierte die Situation und ich warf ihm die bittere Wahrheit an den Kopf, inklusive seiner Vaterschaft." Barbara Covet atmete schwer. Die Gefühle in Molly waren zwiespältig. Sie war wütend und angeekelt von so viel Berechnung und Hinterhältigkeit. Erregt durchquerte sie den Raum und versuchte, sich zu beruhigen. „Wie kann man, als Eltern, seinem Kind so etwas antun? Wie gefühlskalt muss man denn dazu sein? Mir fehlen die Worte!" Barbara Covet sank noch mehr in sich zusammen, als Mollys Standpauke, wie Ohrfeigen auf sie traf. „Ich kann es nicht mehr ungeschehen machen. Ich möchte mich aber, mit Nea und Alania ..." „ALENIA – sie heißt ALENIA!", schrie Molly aufgebracht. „... mit Nea und Alenia aussprechen und Frieden finden!" Auf Mollys Gesicht erschien ein bockiger Gesichtsausdruck und sie verschränkte erbost die Arme über ihrer Brust. „Da bin ich gespannt, wie die beiden reagieren. Ich würde keinen Wert auf eine Unterhaltung mit dir legen! Aber die Mädchen sind nicht ich! Ich könnte dir nicht verzeihen!" Barbara nickte traurig.

*** ***

„Die ganze Situation ist verrückt, oder?", bemerkte Mathew kopfschüttelnd, der mit Alexander am Esstisch fläzte. „Ja, so verrückt wie Victoria! Das konnte auch keiner ahnen, welche kranken Gedanken in dieser Frau brodeln.", erwiderte Alex fassungslos. „Nea dachte wirklich, dass ich etwas mit der durchgeknallten Alten am Laufen habe." „Wundert´s dich? Du hast sie in dieser Vermutung bestätigt und so, wie dich Victoria angegraben hat! Du hattest von Anfang an ein komisches Gefühl, seitdem sie ihr Pferd hier unterstellen wollte." Alex zog eine nachdenkliche Schnute. „Und was läuft da zwischen Nea und dir?" „Wir skypen öfter." „Haben sich deine Gefühle bestätigt, oder ist sie nur eine gute Freundin?" „Schwierig, weil ich zu verkopft bin und die Gefühle nicht wirklich zulasse. Ich möchte mich in keine Beziehung drängen." Mat sah Alex irritiert an. „Warum? Ist da nicht Schluss? Ich dachte Alenia hat sowas erwähnt." „Ach! Echt?" „Wenn das mit dem Bauunternehmen geregelt ist, müssen Alenia und Nea zur Abwicklung noch einmal herfliegen. Dann würde ich, wenn ich du wäre, die Chance nutzen und mit Nea in Ruhe sprechen." „Ja, oder ich merke, dass es doch nur freundschaftliche Gefühle sind." „War der One-Night-Stand noch einmal Thema?" „Ja, aber mehr möchte ich dazu nicht sagen.", grinste Alexander verlegen.

*** ***

Die Flucht aus der Klinik war einfach, aber das Leben auf der Flucht kräftezehrend und mühevoll. In den ersten Tagen versteckte sie sich in einem Entwässerungskanal, in der Nähe der Covet Villa. Mit der Klinikkleidung konnte sie zu leicht entdeckt werden und das wollte sie auf keinen Fall. Nach weiteren zwei Tagen schlich sich Victoria zur Villa und verschaffte sich mit ihrem Schlüssel Zutritt in den Keller des Hauses. Dort fand sie etwas zu essen und zu trinken, doch weiter als in den Keller traute sie sich nicht, da die Gefahr bemerkt zu werden zu groß war. Bloß kein Leichtsinn! Bald ekelte sich Victoria Covet allerdings vor den eingelegten Gurken und den Kürbisstücken und der Wein, den sie sonst aus den teuren Kristallgläsern trank, verursachte ihr Magenschmerzen und Sodbrennen.

Spürhunde und Polizei waren ihr heute ganz dicht auf den Fersen, doch ein Gewitter half ihr, unentdeckt zu bleiben. Durch die Röhre des Entwässerungstunnels gurgelte der Regen, wo Victoria bibbernd und durchnässt verharrte. Die Stimmen der Polizei verstummten und das Bellen der Hunde verschwand und es blieb nur das dröhnende Grollen des Donners, welches mit ihrem knurrenden Magen duellierte. Victoria fror und sie vermisste ihren gewohnten Luxus. Mit kalten, klammen Fingern griff sie in die Jackentasche und zog die kleine, silberne Pistole hervor, die sie aus dem Waffenschrank, im Keller der Villa, entwendet hatte. Sie mochte das Gewicht der Waffe und die schnörkellose, glatte

Oberfläche. Ein Gefühl der Macht durchströmte Victoria und verdrängte Hunger, Kälte und Nässe. Bald würden alle sehen, wer im Hause Covet wirklich das Oberhaupt war und das Sagen hatte. Und Michaels Erbe stand einzig und allein ihr zu! Das würde sie sich nehmen!

Victoria warf ihren Kopf in den Nacken und ihr irres Lachen hallte schrill und schauerlich durch den Kanal.

*** ***

Es war keine Frage, die Zwillinge waren selbstverständlich mit Philipps Idee einverstanden. Deshalb bestiegen Alenia und Nea am 12. September den Flieger nach Phoenix.
Sie wussten, dass eine rasche Abwicklung, nach Victorias Flucht aus der Psychiatrie, Molly und Alex eine unendlich schwere Last und Angst von den Schultern nehmen würde. Denn niemand konnte voraussagen, was Philipps psychisch labile Witwe plante.

Neas Morgenübelkeit hatte sich gelegt und sie fühlte sich fit genug, die strapaziöse Reise über den Atlantik anzutreten. Allerdings brachte die Geschwister die Nervosität und Anspannung, kurz vor dem Wiedersehen mit Mathew, Molly und Alexander, an ihre emotionale Grenze.
Alenia parkte den Mietwagen vor dem Ranch-Haus, als schon die Eingangstür aufgerissen wurde und Mathew auf sie zueilte, um Leni aufs stürmischste zu begrüßen. Schmunzelnd schloss Nea die Beifahrertür und ließ die beiden Turteltauben, in ihrer innigen Umarmung, erst einmal für sich.
Cookie bellte laut und sauste Schwanz wedelnd um Nea herum, sprang zurück zu Molly, um gleich darauf wieder zu Nea zu laufen. „Cookie, du Spinner!", lachte Molly. „Willkommen zurück! Schön, dass ihr da seid!", drückte sie Nea fest. „Hallo, Molly und natürlich Cookie!", breit grinsend kraulte Nea den Schäferhund. „Hi, Nea." Immer noch lachend hob sie den Kopf und wurde von einer Sekunde auf

die andere mit der Situation konfrontiert, die sie sich immer und immer wieder ausgemalt hatte. Dem Zusammentreffen mit Alex. „Hi, Alexander!" Heiß rauschte Adrenalin durch jeden Winkel ihres Körpers, was mit seiner, wenn auch unbeholfenen Umarmung, verstärkt wurde. „Wie war euer Flug?" „Lang!", seufzte Alenia, die eng umschlungen mit Matty zu den anderen trat. Es wurde erneut begrüßt, umarmt und Molly trieb schließlich alle ins Haus, wo ein kleiner Imbiss vorbereitet war.

*** ***

„Wie zerbrochen muss ein Mensch sein, um sich das Leben zu nehmen?" „Nachdem, was in seinem Abschiedsbrief stand, was uns Detective Sanders berichtete und wie sich Victoria auf Philipps Beerdigung aufgeführt hat... Er hatte keinen leichten Stand in seinem Leben! Auch wenn er mit einem goldenen Löffel im Mund geboren wurde!" „Genau dieser goldene Löffel, wurde ihm aber zum Verhängnis." „Schade, dass wir Philipp nicht genauer kennenlernen durften. So bleibt uns nur der Eindruck und die Momentaufnahme, die wir vom ersten Besuch mitnahmen." „Wisst ihr schon, wann ihr euch mit Barbara trefft?" „Ich denke, wir werden nach dem offiziellen Termin das Gespräch suchen." Alenia nickte zustimmend. „Gibt es schon eine Spur von Victoria?" „Sie ist spurlos verschwunden. Sanders wusste nur, dass sie noch unter starken Psychopharmaka steht, die sie weiterhin nehmen muss, oder sollte.", erklärte Mathew. „Spürhunde verfolgten eine Fährte bis zur Covet Villa, doch weder die Angestellten, noch Barbara haben sie dort gesehen." „Wie vom Erdboden verschluckt!", nickte Alex. „Ich bin unendlich froh, wenn das Alles hier vorbei und geregelt ist und Ruhe einkehren kann.", gähnte Molly. „Dem schließe ich mich an und freue mich darauf, wenn das Therapiezentrum realisiert ist und sich aus all dem Negativen, eine positive Wendung ergibt.", raunte Alex. Nea, die ihm gegenüber saß ahnte, wie viel ihm das Zentrum bedeutete. Er hatte beim Skypen oft euphorisch davon gesprochen und von seinen Ideen dazu erzählt. Sie lächelte und ihre Blicke trafen sich und ganz automatisch legte sich Neas Hand auf ihren Bauch.

„Ich gehe ins Bett.", erklärte Nea erschöpft. Sie wusste, dass ihr Alexander nachblickte und sie riss sich zusammen, die Treppenstufen nicht hinauf zu flüchten. Ihr Herz pochte heftig, als sie ihr Zimmer erreichte. Per Skype war alles viel einfacher, nicht so intensiv, nicht so direkt und nicht so persönlich.

*** ***

Es war früher Morgen und Kaffeeduft zog durchs Haus. Doch als Alexander die Küche betrat, war diese leer. Er wunderte sich zwar darüber, machte sich dann aber auf den Weg zu Goblin und den anderen Pferden. Er sah Nea bei den Brandresten des Stalles knien. Ihr Arm lag um Cookie, der ruhig neben ihr hockte und erst, als er Alexanders Schritte vernahm, kurz bellte. Nea erhob sich hastig. Sie hatte offenbar geweint. „Guten Morgen, Nea." Sie zwang sich zu einem Lächeln. „Morgen.", erklang ihre Stimme belegt und traurig. „Ich konnte die Stute und ihr Fohlen nicht retten." „Du hast es versucht, ich weiß!" Tränen strömten erneut und Alexander nahm Nea in den Arm. Das Gefühl, dass sich in ihm ausbreitete, war größer und mächtiger als alles, was er je gefühlt hatte. Es war wunderschön und beängstigend zugleich. Nea trat einen Schritt zurück, löste sich aus seinen Armen, wischte sich über ihre Augen und vermied den Blickkontakt. Sie sah ungewöhnlich blass aus und wirkte ratlos, aufgewühlt und überfordert. „Es tut mir leid, Nea, wenn ich dir zu nahegetreten bin, ich wollte dich nur trösten.", erklärte Alexander. Nea schüttelte den Kopf, drehte sich um und ging ohne ein weiteres Wort, mit hängenden Schultern, zurück zum Haus.

Plötzlich war Cookies heftiges Bellen, unweit der Koppel zu vernehmen. Die eben noch friedlich grasenden Pferde zerstoben in alle Himmelsrichtungen. „Cookie!", brüllte Alex und rannte zur Koppel. Der Hund stand wild kläffend, mit aufgestellten Nackenhaaren vor dem Gatter. „Cookie! Aus!", doch der Schäferhund fletschte knurrend die Zähne. Suchend blickte Alexander über die Weide, um zu lokalisieren, worauf der Hund so intensiv reagierte. Alarmiert marschierte Alex den Zaun ab und entdeckte frische Fußspuren an der Pferdetränke. Es waren kleine Abdrücke wie von Frauenfüßen. Unmittelbar war die Assoziation mit Victoria gegenwärtig. Alexanders Blick schweifte über die Pferde, die Grasfläche und das Anwesen, doch registrierte er nichts Verdächtiges. Cookie bellte immer noch und war nicht zu beruhigen. „Wen, oder was hast du gesehen, Cookie?", murmelte Alex und schritt mit dem Schäferhund, den er fest am Halsband hielt, wachsamen Auges zurück zum Ranch-Haus.

*** ***

Victoria duckte sich tief ins Gras, der angrenzenden Futterweide. Dieser dämliche Köter! Sie war die halbe Nacht, im Schutz der Dunkelheit, zur Ranch gelaufen und gerade, als sie Michaels Pferd ein paar Tabletten füttern wollte, entdeckte sie der Drecksköter. Sie sprang noch rechtzeitig über den Zaun und versteckte sich im hohen Gras. Woher konnte sie ahnen, dass um kurz vor 06.00 Uhr hier schon jemand wach war und dann ausgerechnet eine von Michaels Gören. Die Geschwister waren hartnäckiger und zäher als ihre Mutter und nicht so leicht zu vergraulen. Offensichtlich lief da auch was mit Alexander. Wahrscheinlich ließ sich der Bastard auch noch schwängern wie damals Anna. In Victoria brodelte abgrundtiefer Hass und sie wusste, dass diese Schnepfe aus dem Weg geräumt werden musste. Doch nicht heute! Heute hatte sie schon andere, dringlichere Pläne!

*** ***

Nea und Molly plauderten, als Alex beunruhigt zu ihnen stieß. „Wir müssen die Polizei verständigen. Ich denke, Victoria Covet treibt sich auf dem Gelände herum!" „Hast du sie gesehen?", fragte Molly erschrocken. „Cookie hat Alarm geschlagen und dann fand ich frische Fußspuren an der Pferdetränke." Angespannt verließ Alexander die Küche, um die Polizei zu informieren.

Der Schock saß tief, als die Spürhunde tatsächlich Victorias Fährte aufnahmen. „Ich möchte sie bitten, sich nicht allein auf dem Gelände zu bewegen. Wir wissen nicht, in welchem psychischen Zustand sich Victoria Covet befindet und welche Taten sie beabsichtigt." „Was meinen sie damit, Detective?" Rick Sanders rutschte nervös auf seinem Stuhl: „Victoria hat sich Zugang zum Keller der Covet Villa verschafft und dort aus dem Waffenschrank eine Pistole, mit zugehöriger Munition entwendet." „Was?" „Oh, nein!" Wildes, aufgeregtes Stimmengewirr erfüllte augenblicklich den Raum. Sanders hob die Hände, um die Aufmerksamkeit wieder auf sich zu lenken und sich Gehör zu verschaffen. „Gehen sie weiter ihrem geregelten Tagesablauf nach, aber eben nicht allein, wenn sie sich draußen, auf dem Gelände bewegen. Seien sie wachsam! Molly, sie haben meine Handynummer?" Molly nickte. „Scheuen sie nicht davor, mich anzurufen, egal zu welcher Tages-, oder Nachtzeit." Sanders sah in die entsetzten Gesichter und las darin Angst und Beunruhigung. „Wenn sie im Moment keine weiteren Fragen haben, dann fahre ich zurück aufs Revier."

Mathew und Molly begleiteten Detective Sanders zur Tür. „Detective, morgen werden in meinem Büro die Verträge für den Verkauf an ´Luxury Home Real Estates´ unterzeichnet und die damit verbundene Erbabwicklung vorgenommen. Unter den von ihnen genannten Umständen, habe ich Sicherheitsbedenken." „Herrje, Matty. Du denkst doch nicht, dass Victoria..." „Molly, wir müssen leider vom schlimmsten Szenario ausgehen. Daher bin ich froh, dass ich über den morgigen Termin Bescheid weiß! Mr. Hawkins, wann ist der Termin angesetzt?" „Um 09.00 Uhr." „Wer wird alles zugegen sein?" „Barbara Covet, Molly, Alexander, Nea und Alenia." „Wir positionieren einen Streifenwagen vor dem Gebäude und die Beamten werden den Eingang überwachen!" "Danke, Detective!" Sanders nickte zum Gruß und fuhr mit seinem Dienstwagen vom Hof.

„Das ist wie in einem schlechten Film, einem sehr, sehr schlechten Film!", schüttelte Molly fassungslos den Kopf. „Molly, ich fahre ins Büro und komme später wieder her. Sagst du, bitte, Alenia Bescheid."

*** ***

Drinnen herrschte betretenes Schweigen. Molly fing an, den Frühstückstisch abzuräumen und stutzte, als sie vor Neas unangerührtem Teller stand. Neas Hände lagen auf ihrem Bauch und sie sah müde aus. „Hast du keinen Hunger, Schätzchen?", erkundigte sich Molly besorgt. Nea lächelte gequält. „Tut mir leid, Molly. Ich glaube, ich lege mich nochmal hin."

Kaum war Nea außer Hörweite, wandte sich Alex an Alenia. „Ist mit Nea alles in Ordnung? Hat sie Magenprobleme?" „Wie kommst du denn da drauf?" „Sie trinkt Tee, anstatt Kaffee. Sie hält sich immer mal wieder ihren Bauch und vorher hat sie Medikamente genommen. Ich weiß allerdings nicht welche." Alenia war verblüfft, was Alexander alles bemerkte. „Nea hatte eine langwierige Magengrippe und bekam ein Aufbaupräparat vom Arzt. Der Jetlag hängt uns auch noch in den Knochen, dann Victoria ... alles ein bisschen viel." Sie schenkte Alexander eines ihrer hinreißendsten Lächeln und hoffte überzeugend genug gewesen zu sein. Alex nickte. „Ich kann mir später die Tabletten ankucken, vielleicht gibt es geeignetere." „Passt schon, Alex. Es sind nur Vitamine, also rein pflanzlich. Warte, Molly, ich helfe dir!" Ohne ein weiteres Wort verschwand Alenia in der Küche. Fort von Alexanders Fragen und seinem bohrendem Blick. Die Folsäure Tabletten konnte Nea ihm selber erklären!

*** ***

Ehe die Polizei eine Ahnung hatte, in welche Richtung Victoria von der Covet Ranch verschwand, war diese auf und davon. Geduckt und auf der Hut rannte sie durch die Gräben, bis sie das ihr bekannte Terrain, der Villa, erreicht hatte. Der Hunger war unbarmherzig und sie wusste, dass sie etwas essen musste, um bei Kräften zu bleiben, wenn sie ihren Plan weiterverfolgen wollte. Victoria zog sich in einen der Entwässerungstunnel zurück und schluckte zwei Tabletten, die sie in wenigen Augenblicken träge, müde und schläfrig machten. So würde sie den ganzen Tag verschlafen, bevor sie gegen Abend zur Villa aufbrach, um ihrer Schwiegermutter einen Besuch abzustatten.

*** ***

Die späte Septembersonne war zu dieser Stunde erträglich und die Terrasse lag angenehm im Schatten. Ein friedvoller Ort der Ruhe. Barbara Covet erinnerte sich nicht daran, wann sie sich das letzte Mal innerlich so ausgeglichen und zufrieden gefühlt hatte. Sie bedauerte es zutiefst, dass sie nicht früher von ihrem hohen ´Covet-Ross` gestiegen war und eingelenkt hatte. Sie selbst hatte eine harte, strenge Erziehung genossen und während der Ehe mit Joseph, stand die Familie zwar im Fokus, allerdings nicht auf emotionaler Ebene, sondern als Prestigeobjekt, voller Pflichten und Erwartungen. Doch nun, als das Schicksal ihr alles aus den Händen riss, erkannte sie, unter welchem Erwartungsdruck vor allem Philipp litt. Der ständige Vergleich mit Michael zerbrach ihn, so dass er unter falschen Schuldgefühlen, versagt zu haben, seinem Leben ein Ende setzte. Traurig schüttelte sie den Kopf. Sie trug Mitschuld an all den verheerenden Geschehnissen der letzten Wochen und das quälte sie unsäglich. Barbaras größtes Anliegen war ein klärendes Gespräch mit Michaels Töchtern, verbunden mit der Hoffnung auf Verständnis und ein winziges Stück Vergebung. Morgen zum Notartermin würde sie auf Nea und Alenia treffen! Nachdenklich rührte Barbara Covet mit dem filigranen, silbernen Löffel in ihrem Tee und blickte auf die satten Blüten der Rosenranken am Haus. Dank der guten Pflege des Gärtners trotzten diese der Spätsommersonne. Plötzlich wurde sie einer Bewegung am Rande der Terrasse gewahr und Barbara zuckte erschrocken zusammen, als Victoria vor ihr stand. Ihre Schwiegertochter wirkte wie ein Geist, der sie aus kalten, grünen Augen anstarrte. Victoria war nie dick gewesen, doch nun ragten die Wangenknochen hervor und die Kleidung der Klinik hing wie ein Sack an ihr. Sie versank förmlich darin. Die sonst seidig glänzenden Haare klebten in dicken, fettigen Strähnen an ihrem Kopf. Victoria war nur noch ein Schatten ihrer selbst. „Hallo, alte Frau!", zischte sie. „Victoria, ich habe dich nicht klingeln gehört." Langsam hob Barbaras Schwiegertochter ihre Hand und der Schlüsselbund klimperte hell, als sie ihn in die Luft hielt. „Ah, du hast deinen Schlüssel. Warum hast du die Klinik verlassen, Victoria?" Wie in Zeitlupe senkte diese wieder ihren Arm, legte den Kopf schief und kniff die Augen zu schmalen Schlitzen zusammen. Barbara Covet schluckte hart und ein beklemmendes Gefühl im Brustkorb breitete sich aus. Hilfesuchend sah sie durch die geöffnete Terrassentür, aber ihre Angestellten hatten heute Abend frei. „Ich dachte mir, ich komm dich besuchen, wenn du den Weg zu mir nicht findest, du alte Mistkrähe." „Victoria, was habe ich dir getan? Wir haben uns doch immer gut verstanden!" „Ha! Du hast mich akzeptiert, so lange ich von Nutzen war, mit meiner Familie und dem Geld! Ganz zu schweigen davon, dass ich gut genug war, um Anna Bruch von Michael fernzuhalten. Vielleicht hättest du mich gemocht, wenn ich Michaels Frau geworden wäre." „Ich mochte dich immer, auch wenn wir oft verschiedener Ansicht waren. Du hast dich in den letzten Monaten sehr verändert." „Nein, ich habe mich nicht verändert, sondern mich nur nicht mehr verstellt." „Philipp und du, ihr habt falsche Entscheidungen getroffen." Barbara Covet kämpfte mit den heiß, in ihren Augen, aufsteigenden Tränen. „Ich habe beide Söhne verloren, weil der Name ´Covet` eine zu große Bürde mit sich brachte." „Du hast beide Söhne auf dem Gewissen!", plärrte Victoria giftig. Diese Aussage goss zusätzliches Öl ins Feuer und sie sah genüsslich zu, wie die starke Matriarchin nervlich zusammenbrach. „Wenn ich damals geahnt hätte, welches Schicksal droht, hätten Joseph und ich der Hochzeit mit Anna zugestimmt. So viel Glück wurde unnötig zerstört!" Tränen der Reue liefen Barbara über die faltigen Wangen und in diesem Moment war sie eine gebrochene Frau. „Was willst du, Victoria?" „Ich will dich leiden sehen!" „Warum?" Victoria wischte sich mit dem Handrücken über den Mund, aus dem ihr vor Aufregung zäher Geifer lief. „Willst du jedes kleine Detail hören? Na, gut! Du, sollst leiden, weil du mein Leben zerstört hast, weil ich nicht bekommen habe, was ich wollte. Ich wollte Michael und bekam Philipp. Der stand für dich immer an zweiter Stelle. Er konnte nie etwas Richtig machen, du hast dich immer eingemischt! Ich will dich leiden sehen, weil ich dich arrogante, alte Frau aus tiefstem Herzen hasse! Fick dich du widerlicher Haufen Dreck ..."

*** ***

Der Schuss zerbarst die Stille und hallte ohrenbetäubend nach. Aus der Wunde lief strömend das Blut und färbte das weiße Tischtuch rot. Barbara Covets Gesicht lag auf dem Tisch und ein leises Röcheln war noch zu vernehmen, ehe ihr Augenlicht brach und sie den letzten Atemzug hauchte. Victoria nahm kaltblütig die belegten Brote vom Tisch und ging an der sterbenden Frau vorbei, um ihren schändlichen Plan fortzusetzen.

*** ***

Sie betrat nach einiger Zeit die Küche, packte Vorräte zusammen und entdeckte eine Notiz im Kalender: ´Termin Notar Mathew Hawkins 16. September / 09.00 Uhr – Abwicklung`

Victoria stutzte, überlegte und verschwand.

*** ***

Molly ließ sich erschöpft in den weißen Schaukelstuhl auf der Veranda fallen, als Nea, gefolgt von Alexander von den Pferden kam. „Es sind nur Vitamine!" „Ich weiß, aber vielleicht lerne ich noch etwas dazu, wenn ich mir die Medikamente ansehe." Nea blieb auf der letzten Stufe stehen. „Ich muss morgen neue besorgen, ich habe heute Morgen die letzte Tablette genommen." „Hast du dir vor der Reise keinen Vorrat gekauft?" „Nein!" „Was ist, wenn es das Mittel hier in den USA nicht gibt?" „Es sind Vitamine! Soweit ich informiert bin, gibt es bei euch noch mehr Nahrungsergänzungspräparate, als bei uns in Deutschland." Sie ließ ihn damit stehen. „Hi, Molly." Nea nahm auf dem Zweisitzer Platz. „Möchtet ihr auch ein Glas Wein?", fragte Molly fröhlich, um die Anspannung aus der Situation zu nehmen. Alexander setzte sich zu Nea. „Für mich nicht, ich muss später noch zum Dienst ins Krankenhaus." Nea schüttelte ebenfalls den Kopf. „Hm, dann trinke ich allein!", zuckte Molly mit den Schultern und genoss einen großen Schluck des tiefroten Getränks. „Warum streitet ihr beiden schon wieder?" Verblüfft sahen sich Alex und Nea an. „Wir streiten doch nicht." „Ach, nein?" „Nein!" „Das klang aber schwer danach." „Nea nimmt Medikamente und ich wollte wissen, was für welche …" „Wenn ich morgen in der Apotheke war, dann zeige ich dir was ich einnehme." Genervt schüttelte Nea den Kopf. Gut, dass sie durch Alenia informiert war, so war sie auf Alexanders Fragerei vorbereitet. Morgen, im Laufe des Tages würde sie sich

Vitamintabletten besorgen und die Folsäuretabletten in die Verpackung umfüllen. Sie fühlte Alexanders forschenden Blick, der sie regelrecht durchbohrte. „Was ist?", fauchte sie. „Nichts!", keifte Alex zurück, stand auf und ging ins Haus. „Alex, sorry.", ruderte Nea zurück. „Passt schon. Ich muss mich fürs Krankenhaus umziehen." Er zwang sich zu einem Lächeln. Während er frustriert die Treppen hinaufstampfte, ärgerte er sich über sich selbst, dass er sich nicht besser unter Kontrolle hatte. Wie sollte er Nea erklären, dass er sich Sorgen um sie machte? Sie hatten heute fast den kompletten Tag gemeinsam verbracht und jede kleine Berührung, jedes Lächeln machte ihn glücklich. Alex öffnete hitzköpfig seinen Schrank, holte frische Kleidung heraus und setzte seinen Weg ins Badezimmer fort. Unter dem warmen Wasserstrahl der Dusche grübelte er weiter. Er schloss die Augen und resümierte die Zeit, seitdem Nea in sein Leben platzte. Das erste Zusammentreffen, der schreckliche Streit und die unzähligen Gespräche. Alex sinnierte, wann sie ihm so tief unter die Haut gegangen war. Er trat aus der Dusche, trocknete sich ab und betrachtete sein Spiegelbild. Er hasste es, nicht Herr der Lage zu sein, etwas nicht kontrollieren zu können und Gefühle ließen sich eindeutig nicht kontrollieren!

*** ***

Gemeinsam brachen Molly, Nea und Alenia am nächsten Morgen zu Mathews Kanzlei auf. Sie ahnten nicht, welche Tragödie sich am Vorabend in der Covet Villa zugetragen hatte. Alexander war ebenso ahnungslos, als er direkt vom Krankenhaus zum Notartermin fuhr. Molly manövrierte ihren alten Geländewagen in eine Parklücke, nur einen Block vom Bürogebäude entfernt. Unweit der Parkmöglichkeit befand sich eine Apotheke, die Nea in wenigen Schritten erreichen konnte. „Sollen wir mitkommen?", rief Molly ihr nach. Nea winkte fröhlich. „Nein, sind ja nur ein paar Meter. Ich komme gleich nach!" Das war um 08.45 Uhr.

*** ***

Es parkten zwei Streifenwagen vor dem Komplex. Als Molly und Alenia aus dem Aufzug stiegen, wurden sie direkt ins Besprechungszimmer der Kanzlei geführt, wo Mathew und Detective Sanders mit sehr ernsten, undurchschaubaren Mienen warteten. Wenige Augenblicke darauf, betrat Alexander den Raum. „Wo ist Nea?", erkundigte sich Mat. „Sie ist kurz in die Apotheke, kommt aber gleich!", erklärte Alenia. Sanders und der Notar tauschten einen Blick aus, der den anderen nicht entging. „Kann uns jemand erklären, was los ist? Matty?" Detective Rick Sanders strich angespannt seine perfekt geknotete Krawatte glatt, bevor er zu sprechen begann. „Gestern Abend, gegen 19.00 Uhr, wurde Barbara Covet durch einen gezielten Schuss in die Brust auf dem Anwesen der Covets getötet." „Bitte?" „Nein!" Entsetzte, ungläubige Gesichter starrten den Detective an. „Wir gehen davon aus, dass es Victoria Covet war, da frische Fingerabdrücke im Haus gefunden wurden." „Aber wie? Ich meine, war niemand der Angestellten im Haus, um Victoria aufzuhalten? Oder, Barbara zu helfen?" Molly war schockiert. Sanders schüttelte den Kopf. „Hingegen meiner Empfehlung gab Mrs. Covet ihren Angestellten, wie immer Sonntagabend frei. Es war niemand zu Hause." Alenia liefen Tränen übers Gesicht und sie flüchtete sich schluchzend in Mathews Arme. „Das ist alles schrecklich! Irgendwann muss doch dieser Albtraum vorbei sein!"

*** ***

Die Atmosphäre im Raum war angespannt. Leise surrte der Ventilator über dem Besprechungstisch und ließ die Luft zirkulieren. Alle warteten auf Nea, doch Minute um Minute verging und Nea traf nicht in der Kanzlei ein. Uhrzeit: 09.10 Uhr.

Alenia versuchte sie auf dem Handy anzurufen, allerdings war es nur die Mailbox, die sie erreichte. „Sie wollte ihre Tabletten aus der Apotheke holen und dann sofort herkommen." Alenia begann erneut zu weinen. „Matty, da stimmt was nicht, das fühle ich. Können wir sie suchen gehen?" Alex sprang in diesem Moment auf. „Ich komme mit!" Mit diesen Worten war er schon an der Tür. Sanders bremste den Tatendrang mit dröhnender Stimme ein: „Stopp! Alenia, sie und Mathew gehen zu der besagten Apotheke. Haben sie ein Foto ihrer Schwester, wenn sie nicht mehr dort anzutreffen ist?" „Ja, ja klar!", schniefte Alenia. „Alex, sie kommen mit mir zu den Streifenwagen, die vor dem Gebäude platziert sind. Sollten die Kollegen nichts Auffälliges bemerkt haben, sehen wir uns im Radius von zwei Blocks die Umgebung an und treffen uns dann alle wieder hier im Büro! Verstanden?" Sanders autoritärer Tonfall erlaubte keine Einwände. „Molly, sie bleiben hier und informieren uns, sollte Nea doch noch eintreffen." Molly war kreidebleich und nickte, heftig mit den aufsteigenden Tränen kämpfend.

Sie teilten sich wie besprochen auf, doch die Polizisten vor der Tür hatten nichts bemerkt, oder gesehen. Deshalb schritten Alexander und der Detective die Häuserblocks ab. Alenia und Matty liefen eiligst zur Apotheke, aber Nea war nicht dort. Alenia zeigte aufgelöst der Angestellten das Bild ihrer Schwester. „War meine Schwester hier? Haben sie sie gesehen?" Beunruhigt blickte die Apothekerin auf das Handyfoto, auf Alenia und zurück auf das Bild. „Ja, die junge Frau war hier. Was ist denn passiert?" „Haben sie gesehen, wohin sie gegangen ist?" „Ähm, sie hat jemanden an der Tür getroffen und die beiden sind daraufhin in ein Auto gestiegen." Alenia wurde es schwarz vor Augen, sie atmete schwer und drängte die nahende Ohnmacht zurück. „War die Person weiblich, zu der meine Schwester ins Auto stieg?" „Ja, eine sehr hübsche Frau, etwas dünn, aber das ist bei den jungen Frauen heute modern. Es war ein weißer SUV, sehr schick!" Alenia stürmte aus der Apotheke. Mathew rief der Apothekerin noch ein ´Danke` zu, ehe er seiner Freundin hinterhereilte.

*** ***

Selbstverständlich hatte Victoria gewusst, dass Barbara Covet ihrem Personal an einem Sonntagabend frei gab. Diesen Umstand nutzte sie nach ihrer Bluttat auch schamlos aus, um zu duschen, die Kleidung zu wechseln und den Ersatzschlüssel, ihres SUVs, aus dem Büro zu holen. Sie trocknete die Dusche mit einem Handtuch und stopfte alles, was irgendwie eine Spur hinterlassen konnte, in einen Müllsack, den sie auf den Rücksitz des teuren Wagens warf. Sie fuhr in die Camelback Mountains. Auf einer nicht mehr genutzten Weide der Covets, weit außerhalb der Stadt, gab es eine Scheune, in der sie sich über Nacht versteckte. Das Auto bedeutete für Victoria viel mehr Möglichkeiten. Zum einen war es natürlich ein sehr komfortabler Schlafplatz, verglichen mit dem Überschwemmungstunnel, und zum anderen war sie wesentlich mobiler. Das einzige Problem, dass sie in diesem Zusammenhang noch hatte, war das Benzin, das irgendwann zur Neige gehen würde. Victoria konnte ihre Kreditkarte nicht benutzen und Bargeld hatte sie keines in der Villa gefunden. Während des Grübelns schluckte sie einige Tabletten und spülte diese mit gierigen Zügen aus der Wodkaflasche hinunter, die sie ebenfalls aus der Covet Villa hatte mitgehen lassen. Es gab keinen konkreten Plan, doch würde sich Victoria in der Nähe der Notarkanzlei aufhalten, um all die hässlichen Fratzen zu sehen, die sich *ihren* Besitz unter den Nagel reißen wollten.

*** ***

So geschah es und das Schicksal spielte Victoria die Karten zu, als sie Nea allein die Apotheke betreten sah. Victoria parkte ihren Wagen in der Seitenstraße, da sie befürchtete, von den beiden Streifenwagen vor dem Gebäudekomplex der Kanzlei, entdeckt zu werden. Sie glaubte nicht, dass das Fehlen des SUVs schon bemerkt worden war, da der Originalschlüssel noch an seinem Platz in der Villa hing, aber Barbaras Tod war sicher schon gemeldet worden. Mit der geänderten Kleidung und dem Auto rechnete die Polizei nicht und suchten immer noch nach ihr in Klinikkleidung und zu Fuß!

Langsam fuhr Victoria vor die Apotheke. Sie stieg aus dem Wagen und wartete im schützenden Schatten der Häuser, auf der Beifahrerseite des SUVs. Ihre rechte Hand lag krampfhaft um den Griff der Pistole und ihre Atmung ging stoßweise. Die Nervosität wurde immer schlimmer und die Minuten, ehe Michaels Tochter aus der Apotheke trat, fühlten sich unendlich an. Nea kramte in ihrer Handtasche und achtete nicht auf ihr Umfeld. Plötzlich war Victoria an ihrer Seite und drückte ihr die Waffe in die Flanke. „Wehe, du schreist. Steig in den Wagen!" Es war ein kleines, erschrockenes Quieken, dass Nea entfuhr, dann leistete sie Victorias Anweisung verängstigt Folge. „Schnall dich an!", zischte Victoria, als sie das Auto startete und in die nächste Querstraße bog. „Dein Handy!" Mit zitternden Fingern öffnete

Nea ihre Handtasche, zog das Mobiltelefon heraus und reichte es Victoria, die es aus dem Fenster schleuderte.

Sie fuhren eine Weile Stadt auswärts: „Victoria, wo fahren wir hin? Warum tust du das Alles?" „Halt die Klappe! Weder das Eine noch das Andere geht dich etwas an!"

*** ***

Nea kannte die Gegend nicht, in die sie fuhren. Das Gelände wurde verlassener und hügeliger. Victoria steuerte, abseits des Highways, auf eine Hütte, oder alte Scheune zu. „Du brauchst nicht versuchen abzuhauen. Die Pistolenkugel ist definitiv schneller, als du.", raunte die rothaarige Frau. Sie stieg aus dem SUV, um das Scheunentor, zum Einfahren, zu öffnen. Die Angst wurde durch diese Aussage in Nea noch größer, wenn das überhaupt möglich war. Hatten Alenia und die anderen ihr Verschwinden schon bemerkt? Victoria lenkte den SUV in die Hütte und bevor sie das Tor schloss, versicherte sie sich mit einem prüfenden Blick, dass ihnen niemand gefolgt war. Anschließend öffnete sie die Beifahrertür und scheuchte Nea aus dem Wagen. „Steig aus!" Harsch packte Victoria sie am Arm, zerrte sie zu einer alten Kiste und befahl: „Setzen!" Rabiat entriss sie der völlig eingeschüchterten Nea die Handtasche und durchsuchte mit raschen Griffen den Inhalt. „Was sind das für Tabletten?" „Nahrungsergänzungsmittel, Vitamine ...", erklärte Nea. „Mist!", die Verpackung landete auf dem kalten Steinboden. Victoria leerte das Portemonnaie. „Hast du nicht mehr Bargeld?" „Meine Kreditkarte ist aber auch ..." „Blöde Kuh, damit ich geschnappt werde!" Es klatschte laut, als das Leder der Brieftasche auf Neas Gesicht traf. Erschrocken hielt sie sich die getroffene Seite und Tränen schossen ihr in die Augen. „Wenn du das Heulen anfängst, dann knallt es gleich noch mal!", drohte Victoria bissig. Tapfer drängte Nea die Tränen zurück. „Warum tust du das,

Victoria?" *„Warum tust du das, Victoria?"*, äffte die nach, während sie zwei Seile holte, die unweit entfernt lagen. Eine Antwort auf ihre Frage, erhielt Nea nicht.

Victoria fesselte Neas Hand- und Fußgelenke, begutachtete ihr Werk, um kurz darauf, ohne eine Erklärung, mit dem Wagen erneut wegzufahren.
Verzweifelt zog Nea an den Fesseln, doch die Knoten saßen fest und die Stricke schnitten sich schmerzhaft in die Haut. Was hatte Victoria vor? Nea hatte keine Ahnung wo sie hier gefangen war, oder wie sie sich befreien konnte. Die dunklen Gedanken von Panik und Aussichtslosigkeit breiteten sich erbarmungslos aus!

*** ***

Die Nacht kam und ging. Als sich der Tag erneut dem Ende neigte, hatte sich an Neas Lage nichts verändert. Es war erschreckend und abstoßend zu sehen, wie sich Victoria den zweiten Tag in Folge, mit Alkohol und Tabletten, in einen bedauerlichen Zustand bugsierte. Von der eleganten, gepflegten Frau war nicht mehr viel übrig. Sie hatte von Neas Bargeld eingekauft und sich einen Vorrat an Flaschen besorgt, deren Etiketten auf starken, hochprozentigen Inhalt hinwiesen. Mit dem Fusel spülte sie eine Handvoll Tabletten hinunter und rollte sich auf einer alten, karierten Pferdedecke zusammen und verschlief den Rest des Tages. Nea beobachtete sie, wie sie gurgelnd schnarchte und ein feiner Streifen Sabber aus ihrem Mundwinkel lief. Hunger und Durst plagten Nea und das essentielle Bedürfnis, auf die Toilette zu gehen. Dieses Gefühl wurde immer dringlicher und schmerzhafter. „Victoria?!", keine Reaktion. „V-I-C-T-O-R-I-A!" „Wasch?", lallte diese. „Ich muss auf die Toilette." „Pech!" Victoria drehte sich um. „Victoria, bitte.", es war ein Flehen. Umständlich erhob sich Victoria schließlich, griff nach der Pistole und taumelte auf Nea zu. „Sch´ mach disch los, aber eine falsche Bewegung ....", sie fuchtelte mit der Waffe vor dem Gesicht herum. Wie schnell konnte sich ein Schuss lösen. Das Herz schlug Nea bis zum Hals. „Mach, isch mag schlafen." Während Nea in eine der hinteren Ecken der Hütte eilte, kramte Victoria torkelnd noch einmal in der Handtasche und zog die Vitamintabletten erneut heraus. „Dasch sin´ wirklisch nur

V´...mine?" Nea rieb sich ihre Gelenke. Die rauen Seile hatten ihr tief in das Fleisch an Händen und Füßen geschnitten und die Abdrücke schmerzten, als das Blut nun wieder ungehindert zirkulieren konnte. Victoria hob schwankend den Kopf. „Bischd du nisch so´ne Medischin Tussi? Kannste nisch Tabletten verschreiben?" Nea schüttelte den Kopf. „Dasch glaub´ isch dir nischt, Bitch. Setz disch jetz endlisch wieder hin." Selbst in dem Zustand schaffte es die sturzbetrunkene Frau, die Fesseln sicher und fest anzulegen. Ihr Atem roch nach billigem Alkohol und Nea drehte angewidert den Kopf auf die Seite. Victoria tippte ihr mit der Pistole an die Stirn. „Lasch misch jetzsch bloss in Ruhe und wegen den Medi... Tabletten ... frag isch morgen nosch mal..."

*** ***

Die Telefonleitungen wurden überwacht. Ein Streifenwagen war vor Ort. Es gab keine Forderungen durch Victoria und sie tauchte auch nicht auf der Ranch auf, oder der Villa auf. Sie war wie vom Erdboden verschwunden und das furchtbarerweise mit Nea. Die Kreditkartenfirma war informiert und Neas Karte als gestohlen gemeldet, aber die Karte wurde nicht verwendet.
Detective Sanders war ratlos. Immer wieder konnte er nur den Kopf schütteln, wenn Alenia Bruch ihn fragte, ob es etwas Neues gab. Ihm tat die junge Frau unendlich leid, weil er ihr auch keine Hoffnung geben konnte, dass ihre Schwester überhaupt noch am Leben war.

Das Leben auf der Covet Ranch schlich in Zeitlupe weiter, das Lachen war vollkommen verstummt. Keiner konnte mehr richtig schlafen, oder essen. Es war ein vor sich hinvegetieren. Molly und Alenia plagten Schuldgefühle und sie machten sich Vorwürfe, dass sie Nea allein zur Apotheke hatten gehen lassen. Alexander sprach es nicht aus, aber sie fühlten, dass er ihnen die Schuld an Neas Entführung gab. Keiner ahnte, welche zusätzlichen Vorwürfe noch in Alenia brodelten, denn nur sie allein wusste von Neas Schwangerschaft. Die Stimmung war generell emotionsgeladen und es war nur eine Frage der Zeit, wer als Erstes seine Kontenance verlor.

*** ***

Alenia schritt die Veranda immer wieder ab und wartete auf Mathew, als Alexander aus der Klinik kam. „Was Neues?", war seine erste Frage. Alenia schüttelte frustriert den Kopf und sah ihn mit traurigen Augen an. „Weiß eigentlich Neas Freund, dass sie entführt wurde?" „Sie sind nicht mehr zusammen. Nea hat Schluss gemacht. Wusstest du das nicht?" „Ich wusste es nicht genau..." Alex zuckte betont gleichgültig mit den Schultern. „Nein, das ist vorbei!" Er schien durch Alenia durchzusehen, während er über etwas nachdachte, wandte sich dann ab und öffnete die Haustür. „Alex! Wenn Nea die Vitamintabletten nicht nimmt, ist das bedenklich?" Der junge Arzt wurde hellhörig und er hielt in seiner Bewegung inne. „Wenn es *nur* Vitamine sind, dann nicht." „Mhm." Alenias Ohren wurden heiß und sie wich Alexanders forschendem Blick aus. „Alenia, es sind doch nur Vitamine, oder?" Sie holte Luft, öffnete den Mund, um zu antworten, aber schloss ihn ohne ein Wort wieder. Alenia setzte erneut an. „Ach, scheiße! Nea ist schwanger und nimmt Folsäure, für die Entwicklung des Kindes." In wenigen Schritten war Alexander bei Alenia, griff nach ihren Schultern und schüttelte sie. „Sag das noch mal." „Sie ist schwanger, Alex." Verwirrt ließ er Lenis Schultern los, strich sich durch sein dichtes, dunkles Haar. „Fuck! Wieso habt ihr nichts gesagt? Ist deswegen Schluss mit dem Typ?" Alenia kämpfte mit den aufsteigenden Tränen. „Alex, tick, bitte, jetzt nicht vollkommen aus, aber das Kind ist von dir!" Er hörte die Worte, die Bedeutung erreichte ihn allerdings schleppend. Die Veranda wankte unter seinen Füßen und er taumelte zu einem der weißen Stühle. Schwarze Punkte tanzten wild vor seinen Augen und er hörte das dumpfe Pulsieren seines Blutes in den Ohren. Sein Atem ging stoßweise und Magensäure stieg brennend in ihm auf.

*** ***

Nea schreckte aus einem unruhigen Schlaf auf. Eine Autotür wurde zugeschlagen. Sie blinzelte erschöpft unter ihren trägen Lidern und sah Victoria Covet auf sich zukommen. „Da, Frühstück!" Sie stopfte ein trockenes Toastbrot in Neas Mund, die würgte und im ersten Augenblick keine Luft bekam. Irgendwie gelang es ihr, vom Toast abzubeißen, doch dem Rest konnte sie nur nachblicken, wie er auf den schmutzigen Boden fiel. Nea hob den Kopf und sah in eine hämisch grinsende Fratze, die sich an ihrem Schaden erfreute. „Oh, blöd – was." Victoria selber biss genüsslich in ein, mit Erdnussbutter, bestrichenes Sandwich, kaute betont langsam und sah ihr Opfer mit zusammengekniffenen Augen an. „Was habt ihr mit der Ranch vor? Ihr ruiniert doch nur das Anwesen!" „Wer gibt dir das Recht, über uns zu richten?", Nea schnaubte. „Weil das, was ihr als EURES betrachtet, ganz allein meines ist! Meine Ranch – mein Erbe!" „Wie kommst du denn auf diese Schnapsidee?", entfuhr es Nea. Victoria wurde rot vor Zorn. „Pah! Michael und ich hätten geheiratet, wenn ihm eure Mutter nicht den Kopf verdreht und ihn von seiner Familie weggequatscht hätte." „Das stimmt doch überhaupt nicht!", brüllte Nea und zog heftig an ihren Fesseln. „Michael hat unsere Mutter geliebt und ihr habt diese Liebe zerstört und Dad dadurch verloren. Er hat sich von euch und euren schändlichen Intrigen abgewandt. Daran seid ihr ganz alleine schuld und auch daran, dass wir nie einen Vater hatten!" Neas Herz klopfte, setzte aus und stolperte weiter. Sie bekam nicht genügend Sauerstoff und ihr wurde schwarz vor Augen. Ihr Körper erschlaffte und sie kippte zur Seite.

*** ***

Sie lag auf dem kalten Steinboden und öffnete mühevoll die Augen. Nea wusste nicht, wie lange sie ohnmächtig gewesen war. Ihr Gesicht brannte von winzigen Schürfwunden, die ihr beim Aufprall auf den Boden, von kleinen Kieseln, zugefügt wurden. „Schade! Ich dachte, du wachst nicht mehr auf!", raunte Victoria in einer unterkühlten, gleichgültigen Stimmlage. Sie kniete direkt vor Nea. „Andererseits, dann würdest du mir ja nichts mehr nützen!" Kalte Finger legten sich um Neas Oberarm und sie wurde grob in eine aufrechte Position gezerrt. „Da! Trink!" Die Wasserflasche knallte an ihre Zähne, doch Nea öffnete hastig den Mund und trank gierig aus der Flasche. Sie fühlte sich schwach und benommen und war nicht in der Lage, sich zu wehren, oder zu sprechen.
„Nun denn, dann werde ich schauen, wie sehnlich du vermisst wirst. Ob sie schon bereit sind, dich, gegen die Ranch zu tauschen." Victoria machte sich daran, in den Wagen zu steigen, hielt aber plötzlich inne. „Ach, ja – während ich unterwegs bin, überlegst du dir noch mal in Ruhe, ob du mir Medikamente verschaffen kannst. Das wäre für dich von Vorteil, sonst wird der Aufenthalt hier ziemlich schmerzhaft." Sprachs und stieg mit einem lauten, bösartigen Lachen ins Auto.

*** ***

„Ich hasse euch! Ihr habt mir alles genommen. Und ich werde dafür sorgen, dass euch das Gleiche widerfährt ..." Victorias Worte an Philipps Beerdigung waren damals verstörend, doch nun mit Neas Verschwinden, wurde diese Drohung zur grauenhaften Realität. Diese Ansage, gepaart mit der Information um Neas Schwangerschaft, raubte Alexander den Schlaf und den Verstand.

Es war kurz vor fünf Uhr, die Dunkelheit lag über der Ranch. Dies hinderte Alex nicht daran, in seine Sportsachen zu schlüpfen, Cookie die Leine anzulegen und in den Morgen hinauszutreten. Irgendwo musste es doch einen Hinweis, ein Zeichen geben, wo sich Victoria aufhielt. Dieser Gedanke beschäftigte ihn! „Guten Morgen! Sie gehen joggen?", erkundigte sich der Polizei-Officer, der vor dem Ranch-Haus Wache hielt. Alexander nickte. „Ja, den Kopf frei bekommen." „Wohin laufen sie und wie lange werden sie in etwa unterwegs sein?" „Ich denke, etwa eine halbe Stunde. Ich laufe zur Gabelung mit dem Highway und wieder zurück." „Alles klar!"

Alexander setzte sich in Bewegung und Cookie trabte neben ihm her. Das Licht der Stirnlampe war erforderlich, auch wenn ein schmaler, roter Streif am Horizont das Aufgehen der Sonne ankündigte. Die Büsche am Straßenrand bildeten gespenstische Umrisse, denen Alexander sonst keine Aufmerksamkeit geschenkt hätte, doch im momentanen

Kontext, spielten ihm sein Unterbewusstsein und seine Fantasie übel mit. Er konzentrierte sich auf seine ausgreifenden Schritte, die auf dem Asphalt hallten, seinen Atem, der gleichmäßig und kontinuierlich durch seine Lunge rauschte, aber seine Gedanken kehrten immer wieder zu Nea zurück. Es war ein Mehr an Emotionen, vereint mit quälenden Fragen. Nea hatte die Schwangerschaft vor ihm verschwiegen, daraus resultierte Alexander, dass sie ihn nicht als Vater des Kindes wollte. Was konnte er dagegen unternehmen? Nichts! Gefühle ließen sich nicht erzwingen und so, wie er sich ihr gegenüber verhalten hatte, konnte er ihr Schweigen nachvollziehen. Er musste ihr Vertrauen zurückgewinnen. Hoffentlich ging es Nea und dem Baby gut. Ein heftiger Ruck an der Leine riss Alex aus diesen Grübeleien. Cookie hatte die Schnauze zu Boden gesenkt, seine Nackenhaare waren aufgerichtet, er fletschte die Zähne und er ließ ein aggressives Knurren vernehmen. Alarmiert sah sich Alexander um. Er erkannte im Morgengrauen die Kreuzung, welche die Zufahrt der Ranch mit dem Highway verband. Weder ein Fahrzeug, noch eine verdächtige Person waren zu entdecken. Cookie hob seine Nase in die Luft und nahm eine Witterung auf. Alex umfasste die Leine des schwarzen Schäferhundes fester, gerade noch rechtzeitig, bevor das Tier davonstürzte. Unbeirrt lief Cookie auf den Briefkasten der Ranch zu, der an der Abzweigung zum Highway aufgestellt war. Er bellte, knurrte, umkreiste den Pfosten der Box. Erst jetzt bemerkte Alex, dass das rote Fähnchen aufgerichtet war und auf einen Inhalt des Briefkastens hinwies. Ein unheilvolles

Gefühl beschlich ihn, als er die Klappe öffnete und vorsichtig in die Postbox lugte. Victoria würde nicht aus dem Kasten springen, das war Alex bewusst, aber Cookies Reaktion machte ihn vorsichtig. Das Tier saß zu seinen Füßen und winselte leise. Es war ein gefaltetes Blatt Papier, das Alex entnahm. Ihm stockte der Atem, als er eine lange, blonde Haarsträhne darin eingewickelt fand, die unverkennbar Nea gehörte. Das Licht der Stirnlampe tanzte über die Worte, die als Nachricht gekritzelt standen. *„Tausche Nea – gegen Ranch! Ihr habt zwei Tage, um mir die Ranch zu übertragen. Wenn das nicht passiert, erhaltet ihr die blonde Bitch in Einzelteilen zurück! Die Urkunde hinterlegt ihr hier im Briefkasten! Solltet ihr mir eine Falle stellen wollen, oder die Polizei sich mir nähern, war es das mit Nea. Mit den besten Grüßen, Victoria Covet"*

*** ***

Wenige Meter entfernt vom Briefkasten, verloren die Spürhunde die Fährte. Detective Rick Sanders war sofort nach Alexanders Anruf zur Ranch aufgebrochen. Der erfahrene Ermittler ärgerte sich, dass sich Victoria wieder unbemerkt dem Anwesen nähern konnte. Er war zornig, nicht den kleinsten Hinweis zu haben, wo sich die Psychopathin mit ihrem Entführungsopfer aufhielt.
Die Ermittlungen verliefen im Sand, denn es gab keinen Hinweis aus der Bevölkerung, dass Victoria Covet, oder Nea Bruch gesehen wurde. Keine Tankstelle, kein Laden, kein Nichts! Wenigstens stellte Victoria nun eine Forderung, zur Überschreibung der Ranch und es gab den kleinen Hoffnungsschimmer, dass Nea noch am Leben war. „Wie steht es um die rechtliche Lage, bezüglich Übereignung der Ranch?", hakte der Detective bei Mathew Hawkins nach. „Die Übertragung an Victoria ist absolut ausgeschlossen, doch weiß diese nichts von Philipps Testament und Barbara Covets Vollmachten." „Aber, es fehlt doch immer noch Neas Unterschrift, für die Rechtsgültigkeit des Verkaufsauftrages an die `Luxury Home Real Estate Company´, bzw. auch für die Gründung des Therapiezentrums." Mathew nickte: „Richtig, doch habe ich direkt am Tag der Entführung, diesen Umstand protokolliert und …", er schluckte hart und sah Alenia mitfühlend an, „… und sollte mit Nea etwas passieren, übernimmt automatisch Alenia die Rechte. Somit genügt ihre Unterschrift auf den Dokumenten." „Aber, das wird nicht nötig sein, das weiß ich! Das fühle ich!",

versicherte Alenia den Tränen nahe. Zu gerne hätte Sanders dieser Vermutung zugestimmt, doch nachdem Victoria unberechenbar handelte, hatte der Detective die Hoffnung, Nea Bruch lebend wiederzufinden, auf ein Minimum reduziert. „Mr. Hawkins, können sie ein Falsifikat erstellen, mit allen nötigen Unterschriften darauf, so dass wir Victoria Covet zumindest in dem Glauben lassen, die Besitzerin der Ranch zu sein?" „Selbstverständlich!" „Und wie geht es nun weiter? Wir können hier doch nicht untätig herumsitzen und warten, was passiert." Deprimiert sah der Polizist in die Runde. „Doch! Ich befürchte, dies ist im Moment alles, was sie tun können." Alexander erhob sich empört, so dass sein Stuhl heftig kippelte. „Das ist Schwachsinn!" „Mr. Warren, ich verstehe, dass sie gerne helfen möchten. Aber sie helfen uns am meisten, wenn sie Ruhe bewahren." Alexanders Augen blickten Sanders wütend an. „Und was tun sie?" „Mr. Warren, es ist eine nervliche Zerreißprobe, aber es gibt keinen Grund, mich persönlich anzugreifen. Ich müsste ihnen über unsere nächsten Schritte keine Rechenschaft ablegen. Doch werden wir einen Plan erstellen, wie wir Victoria gekonnt in eine Falle locken." Alex rieb sich unsicher über die Stirn. „Tut mir leid, Detective." Mit diesen Worten sank er zurück auf seinen Stuhl und starrte ins Nichts. „Sie können mir glauben, sobald ich nur den kleinsten Hinweis, die kleinste Spur habe, erfahren sie als Erstes davon!"

Rick Sanders gab es ungern zu, doch hatten seine Kollegen und er keine Ahnung, wie und wo sie mit der Suche ansetzen sollten. Wenn er in die verzweifelten Gesichter auf der Covet Ranch blickte, die in die Arbeit der Polizei ihre Hoffnung legten, dann wurde ihm übel.

Sanders war kein gläubiger Mensch, aber in diesem Fall betete er für ein Wunder, oder vertraute zumindest darauf, dass Victoria Covet ein Fehler unterlief.

*** ***

„Verschreibungspflichtig? Sedati – was? Kannst du mir die Tabletten besorgen, oder nicht?" „Explizit diese nicht!" Victoria stand mit der Wodkaflasche neben ihr, während Nea die Inhaltsstoffe der Tablettenbox analysierte, die ihr kurz zuvor an den Kopf flog. Nea rieb sich über den roten Fleck an der Stirn und versuchte, sich von Victoria weg zu beugen, denn der Geruch des Alkohols war abscheulich. „Ich brauche die Tabletten. Ist mir scheiß egal, wie du es anstellst, aber du wirst sie mir beschaffen!" „Es muss ein rezeptfreies Medikament sein, mit ähnlicher Basio, also Grundlage." „Ich verstehe diesen Medizinschmarrn nicht, dieses ´Pseudo–Italienisch`. Wir fahren morgen zu einer Apotheke und dann kaufst du mir den Scheiß!" Die Wodkaflasche schlug gegen Neas Hinterkopf. Der Schmerz kam diesmal allerdings nicht im Nervensystem an, denn Victorias Worte hatte sie hellhörig werden lassen und lenkten sie ab. Victoria verstand kein Latein!

„Werden wir sehen, wie viel du denen auf der Ranch wert bist. Ich hätte heute zu gerne die blöden Gesichter gesehen, als sie den Inhalt des Briefkastens entdeckten. Deine Goldlöckchen, oh!" Victoria Covet kicherte. „Hast du gar nicht mitbekommen, was? Ich habe dir ´ne Haarsträhne abgeschnitten und in meinen Brief gepackt." Sie trank, wischte sich danach mit dem Handrücken über den Mund und als sie weitersprach, lag bereits ein eindeutiges Lallen in ihrer Stimme. „Ob es Alexander überhaupt interessiert, was mit dir geschieht? Wahrscheinlich treibt er es in diesem

Moment mit einer Krankenschwester und verschwendet keinen Gedanken an dich. Uuuuuh! Böse Victoria!" Da war es wieder, das schaurige Lachen einer Wahnsinnigen. „Habe ich die kleine Nea nun verärgert? Oh, das tut mir aber gar nicht leid. Ich hoffe, ich habe dir ein hübsches, ekelhaftes Fantasie Szenario geschaffen, mit dem du die letzten Tage deines Lebens verbringst. Aber keine Angst, in zwei Tagen hast du es überstanden und musst dir über Alexander, oder sonst wen, keine Gedanken mehr machen!" Victoria torkelte auf die andere Seite der Hütte und rollte sich auf der alten Decke zusammen. Die leere Flasche Wodka kullerte ihr aus der Hand und klirrte auf den unebenen Boden, dann herrschte Ruhe.

Zwei Tage! Das war keine inhaltlose Drohung, sondern Victorias voller Ernst. Wenn sie Nea nicht mehr brauchte, dann war es das Ende. Niemand würde in dieser Hütte nach ihr suchen. Nea schob die widerliche Vorstellung, dass Alexander eine andere Frau berührte, zur Seite. Sie brauchte einen klaren Kopf und einen Plan!

*** ***

Kein Latein! Wieder und wieder kreisten Neas Gedanken um diese Aussage. In dieser Tatsache lag irgendwie die Lösung. Doch, wie sollte sie sich mit Hilfe dieser alten Sprache befreien? Wer sollte sie hier hören? Wer sprach überhaupt Latein? Ihr Blick traf auf die orange Tablettenröhre, die auf der Erde lag und Nea fiel es wie Schuppen von den Augen. Das war die einzige Möglichkeit, die sie hatte. Aber ging dieser Plan auf?

*** ***

Eine schlaflose Nacht lag hinter ihr. Stundenlang hatte sich Nea den Kopf zermartert, welche Wörter hilfreich waren und sie übersetzen konnte. Wie ein Mantra wiederholte sie die Worte geistig, immer und immer wieder. Getarnt als Wirkstoff, wollte sie diese in der Apotheke verwenden. Nun würde sich das Faible für Latein auszahlen und dem Baby und ihr hoffentlich das Leben retten. Doch was war, wenn niemand in der Pharmacy Latein verstand? Wenn Victoria misstrauisch wurde? Nea wollte keinen Gedanken daran verschwenden. Es war diese winzige Chance, die ihr blieb. `Auxilium – Hilfe. Raptio – Entführung. Ferrum – Waffe. Comminatio – Bedrohung´.

Es war reine Spekulation, in welche Richtung sie fuhren, ob es noch Phoenix war, oder welcher Ort dort vor ihnen auftauchte. Victoria hatte ihr die Fesseln abgenommen und sie gewaltsam ins Auto geschupst. Die Haut der rothaarigen Frau wirkte durchsichtig, schwarze Ränder prangten unter den viel zu groß anmutenden, grünen Augen und ihr Atem roch immer noch nach dem Wodka, den sie sich gestern hinter die Binde gekippt hatte. Sie hielten vor einer kleinen, dörflichen Pharmacy. „Denk dran, eine falsche Bewegung und die Kugel trifft dich." Nea nickte und stieg langsam, angespannt und nervös aus dem Wagen.

*** ***

Als Nea an den Ladentisch trat, hatte sie nur diese eine Chance, um einen heimlichen Hilferuf abzusetzen. Ihre Hände zitterten und unzählige Bedenken schossen ihr durch den Kopf. Victoria hielt sich im Hintergrund, doch Nea wusste um die Bedrohung der versteckten Waffe, in der Hand ihrer Entführerin. Sie durfte sich keinen Fehler erlauben, geschweige denn, Schwäche zeigen, oder Victorias Misstrauen wecken. „Hallo! Ich hätte, bitte, gerne ein Medikament mit folgendem Wirkstoff ´auxilium raptio ferrum comminatio´. Es sollte rezeptfrei erhältlich sein." Nea lächelte den Mann hinter dem Tresen an und hoffte inständig, dass er ein gelernter PTA war, oder zumindest Lateinkenntnisse besaß. „Können sie mir den Namen des Wirkstoffes, bitte, noch einmal wiederholen?" „Auxilium – raptio – ferrum – comminatio." Er setzte seine Brille auf, notierte sich die Wörter und gab etwas in den Computer ein. Neas Atem ging flach und die Zeit zog sich. Wieder klapperte die Tastatur und Nea befürchtete, dass ihr Plan nicht aufging. „Gibt es ein Problem mit dem Medikament?" Victoria stand dicht hinter Nea. Der Apotheker sah vom Bildschirm auf, lächelte freundlich, nahm die Brille ab und sah zuerst Nea an, dann Victoria: „Wir haben das Präparat, mit entsprechendem Wirkstoff, leider nicht vorrätig und müssen es bestellen. Sie können es morgen gegen 10.00 Uhr abholen. Wäre das in Ordnung?" Victoria verzog genervt den Mund, aber nickte billigend. „Auf welchen Namen darf ich die Bestellung hinterlegen?" „Ich bin morgen da und hole das Medikament ab." "Wie sie möchten. Dann gebe ich ihnen nur den Abholschein, mit der Bezeichnung des Präparates, mit." Er reichte Nea einen grünen Zettel. `Adimplementum´ stand dort. Victoria nahm ihr den Zettel aus der Hand. „10.00 Uhr?" „Ja, da sollte die Lieferung eingetroffen sein." ´A-D-I-M-P-L-E-M-E-N-T-U-M` - Bewusstwerdung, Erfüllung, Erkenntnis! „Danke!", presste Nea hoffnungsvoll hervor. „Ich kümmere mich darum!", bekräftigte der Apotheker ermutigend.

*** ***

Da war es, das Wunder, auf das Detective Rick Sanders so inständig gehofft hatte. Ein Anruf aus dem kleinen Ort ´Gold Canyon´, genauer gesagt, aus der dort ansässigen Apotheke, welcher die Polizei auf Victoria Covets Fährte führte. Es war unglaublich mit welchem Trick es Nea Bruch geschafft hatte, einen Hilferuf abzusetzen. Nachdem der Apotheker über die eigentümliche Nachricht, getarnt als Medikament, dem Ermittler berichtet hatte, identifizierte er Nea und Victoria anhand Bildern, die ihm Sanders via Mail zukommen ließ.

„Wir dürfen uns keinen Fehler erlauben! Sollte Victoria Covet allein in der Apotheke auftauchen, können wir sie nur wieder ziehen lassen und ihr auf den Fersen bleiben und das so, dass sie unsere Anwesenheit nicht bemerkt. Die Drohung, dass sie Nea Bruch etwas antut, sollte sich ihr die Polizei nähern, ist absolut ernst zu nehmen. Die Frau ist in einem desolaten geistigen Zustand, womöglich steht sie unter Tabletteneinfluss und ist dazu auch noch bewaffnet. Meine Hoffnung besteht darin, dass Victoria Nea wieder mit zur Pharmacy bringt. Dann besteht unsere Hauptaufgabe in der Befreiung der Geisel und dem Schutz der unbeteiligten Personen. Bei einer gefährlichen Situation, oder einer zweifelhaften Handlung Victoria Covets, zum Beispiel, Griff in die Jackentasche – gleichstellbar mit dem Griff zur Waffe, ist zum Schutz der unschuldigen Dritten und dem Eigenschutz, die Verwendung der Dienstwaffe freigegeben.

Der Einsatz wird mit Zivilfahrzeugen durchgeführt und die Kleidung, ist dementsprechend angepasst zu halten. Der Inhaber der ´Gold Canyon Apotheke`, Mr. Glen, wurde von mir über die erfolgenden Schritte bereits informiert und wird von den Kollegen, der technischen Abteilung, morgen Früh mit Überwachungsgeräten ausgestattet. So bleiben wir über das Geschehen in der Pharmacy informiert. Wenn keine Fragen mehr sind, sehen wir uns morgen um 06.30 Uhr zum Einsatz."

*** ***

Sanders ging das Briefing, das er am Vortag gegeben hatte, noch einmal durch. Er war angespannt und die Nackenmuskulatur schmerzte. Er bezog auf dem Parkplatz, gegenüber der Apotheke, seinen Posten, mit einem für Victoria Covet unbekannten Fahrzeug. Seine Kollegen waren rund um das Geschäft platziert und wirkten wie Einwohner, die ihrem Alltag nachgingen. Der Detective sah nervös auf seine alte, silberne Armbanduhr. Der Apotheker war mit einem Mikrofon ausgestattet worden und Sanders hoffte, dass der Mann die Nerven behielt. „Mr. Glen?" „Ja." „Die Kollegen und ich sind auf unseren Positionen und behalten sie und ihr Geschäft im Auge. Wir sind da!" „Gut, zu wissen.", war die knappe Antwort.

Der Blick des Detectives folgte jedem Wagen, der auf der breiten Hauptstraße durch den Ort fuhr. Die Straße, die aus der Metropolregion Phoenix´ kam und in die Berge führte. Er wusste nicht, warum der Highway und die Berge den Namen ´Superstition`, also ´Aberglaube` trugen, das war ihm aber auch egal. Er konzentrierte sich wieder auf das Geschehen im Ort. Die Minuten zogen sich und als er zum Funkgerät greifen wollte, sah er den weißen SUV der Covets, aus Richtung Osten, auf den Parkplatz der Apotheke einbiegen.

*** ***

Victoria kam alleine, um das Medikament abzuholen. Nea hatte sich die ganze Nacht und am Morgen übergeben und Victoria hatte keine Lust darauf, dass ihr die blöde Kuh noch ins Auto kotzte. Zudem sah die deutsche Schnepfe auch noch fürchterlich aus, so dass der Apotheker sicher argwöhnische Fragen stellen würde. Deshalb kam sie allein nach Gold Canyon. Sie zog sich die weiße Baseballkappe tiefer ins Gesicht, als sie aus dem Wagen stieg. Es war kurz nach 10.00 Uhr. Auf dem Parkplatz unterhielten sich zwei Frauen.

Um keine Aufmerksamkeit zu erregen, brachte Victoria den Weg zwischen Auto und Eingang schnell hinter sich. Sie vernahm ein leises Klingeln, als sie das Geschäft betrat. Victoria kramte nach dem Abholschein in ihrer Jackentasche und trat zum Verkaufstisch. „Guten Morgen! Ah, sie möchten das bestellte Medikament abholen.", lächelte Mr. Glen freundlich. „Morgen, ja stimmt." „Einen Moment, bitte." Der Mann drehte Victoria den Rücken zu und öffnete eine Schublade. Das Klingeln der Eingangstür war zu vernehmen und Victoria wurde nervös. Hastig sah sie sich um und stellte erleichtert fest, dass es nur eine der beiden Frauen war, die sich vorher auf dem Parkplatz unterhalten hatten. Aus dem Augenwinkel sah sie, wie diese zu den Verbandsmaterialien ging und eine Verpackung herausnahm. „So, da haben wir das Präparat." Victoria erschrak, als der Apotheker plötzlich wieder vor ihr stand. Eine orange Tablettenröhre, mit dem Aufdruck

´Adimplementum`, lag auf dem Tresen. Irgendwelche Inhaltsstoffe waren aufgeführt, aber das war für sie Fachchinesisch. „Sie wissen, wie die Tabletten einzunehmen sind?" „Ja, ja." „Das sind dann, bitte, 5,75 Dollar." „So günstig? Wirkt das Zeug denn auch?" „Selbstverständlich. Das Medikament ist auf pflanzlicher Basis, nicht rezeptpflichtig, aber mit der gewünschten Wirkung. Wie es ihre Freundin beauftragt hat." Victoria sah den plappernden Apotheker mit hochgezogener Augenbraue an, reichte ihm das Geld und bemerkte, dass die andere Kundin inzwischen hinter ihr wartete. „Wartet ihre Freundin im Wagen?" „Nein." Victoria biss sich auf die Zunge, um keine patzige Antwort zu geben. Es dauerte ihr hier schon zu lange. Rasch griff sie nach dem Wechselgeld, der Quittung und dem Medikament und wollte an der Frau hinter sich vorbei. Doch die lief ihr ständig vor die Füße und lachte amüsiert, legte die Hand beschwichtigend auf Victorias Schulter: „Oh, Entschuldigung meine Liebe!" Kein Gruß, kein Wort – Victoria verließ die Apotheke.

Was sie allerdings nicht bemerkt hatte, war der winzige Peilsender, den ihr die Zivilpolizistin, mit ihrer harmlos erscheinenden Berührung, verpasst hatte, ebenso wie der Sender, der am Auto der Covets befestigt worden war.

*** ***

Die beiden Punkte der Sender begannen sich zu bewegen, als Victoria mit dem Wagen vom Parkplatz fuhr. „Wagen 1 meldet die Aufnahme der Spur des Zielobjektes. Wagen 2 und Wagen 3 folgen entsprechend zeitlich versetzt." Mit diesen Worten lenkte Sanders sein Auto auf den Superstition Highway und folgte dem weißen SUV in gebührendem Abstand. Im Kopf des Detectives arbeitete es. Was plante Victoria Covet mit dem Medikament? Für wen war es bestimmt? Welche Wirkung sollte erzielt werden? Mit dem harmlosen Vitaminpräparat, das der Apotheker eingefüllt hatte, würde die gewünschte Wirkung auf keinen Fall eintreten. Wie viel Zeit blieb ihnen also, ehe der Schwindel aufflog?

Der Highway wand sich in immer weniger belebtes Umland, so dass der Verkehr auch abnahm. Die Gefahr, von Victoria entdeckt zu werden, wurde somit wahrscheinlicher. Sanders ließ ihr noch mehr Vorsprung und verließ sich auf die technischen Hilfsmittel, die ihm und seinen Kollegen den Weg der Entführerin anzeigten. „Wagen 1 an Wagen 2 und 3. Ich habe den Abstand zur Zielperson vergrößert, um keine Aufmerksamkeit zu erregen." „Wagen 2 vermindert Geschwindigkeit." „Wagen 3 hat verstanden und lässt sich zurückfallen." Gerade, als sich Rick Sanders fragte, wie weit Victoria dem Highway noch folgen würde, änderten die Punkte der Peilsender ihre Richtung und verließen die Hauptstraße. Der Ermittler erreichte die Abzweigung etwas später und konnte noch die Staubwolken auf dem Schotterweg sehen, den Victoria Covets Wagen aufwirbelte. „Scheiße!" Die Polizeiwagen konnten keinesfalls hier folgen. Das Gelände war undurchsichtig und wohin es führte, war eine ebenso unbekannte Variable. „Wagen 1 an Zentrale." „Zentrale hört." „Unsere Zielperson ist am Highway 60, etwa 15 Meilen hinter Gold Canyon, Richtung Superstition Mountains abgebogen. Die Verfolgung per Pkw ist nicht möglich, da die Zielperson gewarnt werden könnte. Ich erbitte Verstärkung per Helikopter, um das Gebiet zu erkunden." „Verstanden, Wagen 1. Helikopter PHX01 setzt sich in Bewegung." „Wagen 2 und Wagen 3, Wagen 1 wartet auf ihr Aufschließen, an der Abzweigung des Highway 60."

*** ***

Während der Wagen über das unwegsame Gelände holperte, war Victoria Covet erleichtert, dass es in der Apotheke doch ziemlich unproblematisch geklappt hatte. Nun musste das noch mit der Ranch funktionieren und dann war sie endlich am Ziel. Sie würde die Ranch verkaufen und sich mit dem Geld ein schönes Leben gönnen. Das stand ihr einfach zu. Irgendwo, wo sie keiner suchen würde. Bahamas, Mexiko, oder Kuba. Weg von hier! Weg von all dem Mist und den Menschen, die sie um ihr *wirkliches* Leben gebracht hatten! Morgen früh lief die Frist für Molly und Konsorten ab. Victoria sah die Szenerie eindeutig vor sich. Wie sie mit den Inhaberdokumenten auf die Ranch fuhr, Nea aus dem Auto steigen ließ, diese auf ihre Schwester und die anderen Heuchler zulief. Wie erleichtert würden sie sein, dass die Schnepfe wieder da war. In diesem Moment würde Victoria die kleine, hübsche, silberne Waffe zücken und PENG! Oh, wie werden sie weinen, wenn die blonde Schlampe blutend auf dem Boden aufschlägt! Sollte auch nur einer der anderen einen falschen Schritt machen, würde denjenigen das gleiche Schicksal ereilen. Schade wäre es ein bisschen um Alexander, der allerdings einen entscheidenden Fehler begangen hatte, als er mit Nea ins Bett stieg. Was konnte die ihm schon bieten? Mit ihr hätte er sicher mehr Spaß gehabt! Und sie hätte es genossen, von seinen fähigen Arzthänden berührt zu werden, mehr, als die klobigen Hände von Philipp, der immer zupackte, als sei sie eine

Milchkuh und müsse gemolken werden. Victoria schüttelte angewidert den Kopf.

*** ***

„PHX01 an Wagen 1." „Wagen 1 hört." „Die Schotterstraße endet an einer alten Hütte, oder Scheune. Das Zielfahrzeug konnte leider nicht entdeckt werden. Wir vermuten, dass es in die Hütte verbracht wurde. Zielperson und Geisel nicht gesichtet. Das Gelände ist für eine Landung ungeeignet. Ein unbemerkter Zugriff via Pkw scheint auch ausweglos. PHX01 dreht ab." „Danke, PHX01."

Sanders ließ das Funkgerät sinken und starrte auf die Anzeige der Peilsender, deren Punkte in den Bergen gestoppt hatten. „Detective, wie wollen wir nun weiter vorgehen?" „Haben sie Ideen?" „Die Kollegen von PHX01 haben gesagt, dass die Straße an der Hütte endet. Wenn die Zielperson weg möchte, dann geht es nur zurück über diesen Weg." „Das ist richtig. Ich habe Bedenken, da wir nicht wissen, welche Absicht hinter den Medikamenten steckt, die sich die Zielperson besorgt hat. Sollten die Placebos auffliegen, wissen wir nicht, was passiert. Ein Zugriff, ohne Gefährdung der Geisel, ist auf diesem Gelände aber nicht möglich. Deshalb schlage ich vor, dass ein Wagen zur Überwachung hierbleibt und in der Zentrale, zusammen mit PHX01, die nächsten Schritte besprochen werden."

*** ***

Victoria hörte den Helikopter, ehe sie ihn sah. Sie schloss das Tor, durch das sie soeben den SUV gelenkt hatte. „F-U-C-K!" Sie lehnte sich mit dem Rücken gegen das dunkle, morsche Tor, lauschte dem Rotorengeräusch des Helikopters und blickte zu Nea, die zusammengesunken auf ihrem Platz kauerte. „Fuck!" Victoria wusste, dass der Helikopter nur eines bedeuten konnte, dass die Polizei irgendwie einen Hinweis über ihr Versteck erhalten hatte. Sie konnte sich nicht erklären wie, aber sie hatte die Cops unterschätzt. Nervös biss Victoria auf ihrer Unterlippe herum und riss kleine Hautfetzen aus dem weichen Gewebe. Bald schmeckte sie den bleiernen Geschmack des frischen Blutes und wischte sich mit dem Ärmel über den Mund. Sie musste früher als geplant ihr Versteck verlassen und sich das holen, was ihr gehörte. Zielstrebig schritt sie auf Nea zu, die, in dieser unbequemen Sitzhaltung, in einen unruhigen Schlaf gefallen war. Victoria trat schwungvoll gegen die Kiste. Erschrocken zuckte Nea hoch und blickte in kalte, grüne Augen. „Hast du deine Tabletten bekommen?" Victoria griff in ihre Jackentasche und nahm die Verpackung zur Hand, schüttelte diese leicht, so dass der Inhalt klapperte. „Jepp." „Victoria, …" „Sch…! Halt die Klappe!" Das Geräusch des Helikopters kam wieder näher, wurde lauter, verlor wieder an Lautstärke und verschwand gänzlich. Victoria sah nervös zum Wagen, auf Nea und sie dachte angestrengt nach. „Victoria, mir geht´s nicht gut." „Na, und?!" „Victoria, bitte, ich bin schwanger." Diese Neuigkeit glich einer

Ohrfeige. „Von wem? Lass mich raten – von Alex!" Nea senkte ihren Blick. Der Tritt gegen die Kiste war hart und Nea kippte zur Seite und sah nur Victorias Schuh auf ihren Körper heranrasen. Der Schmerz war furchtbar, stechend und sie fühlte das Knacken einer Rippe. Ihre Augen füllten sich mit Tränen. „Du widerliche Schlampe. Du bist kein Stück besser, als deine Mutter. Ich werde euch die ´Happy Family` versauen! Weder du, noch das Balg, werden den nächsten Morgen erleben und alle werden zusehen, wie du draufgehst! ALLE! Alle auf der verfickten Covet Ranch!" Victoria schrie die letzten Worte in Neas Ohr, die zusammengerollt auf dem Boden lag und zitterte und versuchte ihren Körper, vor dem aggressiven Übergriff Victorias zu schützen, vor den Schlägen, vor den Tritten. Vor Neas Augen wurde es schwarz und sie verlor das Bewusstsein.

*** ***

Als Nea wieder zu sich kam, fühlte sie ein Vibrieren unter ihrem Körper und als sie den Kopf drehte, fand sie sich im Kofferraum des SUVs wieder. Der Wagen bewegte sich und Nea sah den Himmel an der Heckscheibe vorbeihuschen. Als sie versuchte, sich zu drehen, um besser atmen zu können, durchzuckte sie ein unwirklicher Schmerz und sie stöhnte laut auf. Ihre Hände und Füße waren immer noch gefesselt. Sie fühlte sich schwach und hilflos. Verzweifelt schloss Nea die Augen und weinte stumme Tränen.

*** ***

Die Hand am Waffenholster, mit wachen Sinnen für das, was sie in der Hütte erwarten könnte, betraten die beiden Polizisten das mutmaßliche Versteck der Geisel. Es war die Hoffnung, Nea Bruch befreien zu können, als Victoria Covet am späten Nachmittag den Highway 60 in westlicher Richtung befuhr. „Wagen 3 für Zentrale." „Zentrale hört." „Zielperson hat sich in Bewegung gesetzt. Fährt den Superstition Highway Richtung Phoenix. Gesichtete Personen im Fahrzeug nur Victoria Covet. Wir kundschaften das Versteck aus und hoffen dort, die Geisel lebend vorzufinden."
Doch die Polizisten fanden lediglich die leere Scheune vor. Der Geruch von modrigem Stroh lag in der Luft. Vorsichtig, ohne etwas zu verändern, erkundeten sie die Hütte. Sie wussten nicht, ob Victoria plante hierher zurückzukehren.

Als Detective Sanders den Funkspruch erhielt, dass die Geisel nicht gefunden wurde, war er erleichtert nicht die Nachricht, ´leblose Person`, zu erhalten. Doch, wo war Nea Bruch? Vermutlich wurde Victoria Covet durch den Helikopter aus dem Versteck gescheucht und musste tätig werden. Sanders starrte angestrengt auf den Bildschirm. Die Peilsender blinkten auf der Karte zuverlässig auf. Langsam näherte sich der Wagen der Metropolregion Phoenix. Sein Bauchgefühl sagte ihm, dass Victorias Ziel die Ranch war. Und diesmal mussten sie der Psychopathin einen Schritt voraus sein!

*** ***

Als Alexander aus dem Fenster blickte, sah er den Streifenwagen vom Hof fahren. Seit Detective Sanders Anruf, schlich pure Angst durch seine Knochen. Alle nahmen Victorias Drohung ernst, dass sie Nea sofort erschießen würde, wenn auch nur ein Polizeiwagen in ihre Nähe käme. Darum wurde der Streifenwagen abgezogen. Der Rückschluss dieser Tatsache war aber auch, dass sich Victoria wirklich der Covet Ranch näherte. Alenia und Mathew stiegen soeben aus dem Auto und hatten die vermeintliche Übereignungsurkunde dabei. Alex fühlte sich wie damals, als er klein war und darauf wartete, dass Molly heimkam, wenn er krank war. Was konnte er unternehmen, wenn Victoria vor Molly mit den Polizisten auf der Ranch eintraf? Alexander war angespannt und seine graublauen Augen fixierten jede Bewegung auf der Straße, die zur Ranch führte. Seine Hände lagen kalt und klamm auf der Küchenfläche, sein Atem ging stoßweise und das beklemmende Gefühl, die Kontrolle zu verlieren, war allgegenwärtig und schnitt durch seine Gedanken.

Endlich hielt Mollys Geländewagen vor dem Haus und Detective Sanders stieg mit drei weiteren Kollegen aus dem Auto. Die Beamten trugen Schutzwesten und die Waffen waren offensichtlich kein Spielzeug. Die Männer glichen Soldaten, die in den Krieg zogen. So fühlte sich die Situation für Alexander auch an. Ein Krieg! Ein Krieg gegen eine psychisch Kranke, die im Begriff war, ihm die Möglichkeit auf seine eigene, kleine Familie zu nehmen.

Mit langen Schritten durchquerte er das Zimmer und öffnete die Eingangstür, um vor dem Haus auf die anderen zu treffen. Das Gefühl von Angst und Unsicherheit lag in allen Gesichtern, nur Sanders und seine Kollegen wirkten gefasst, professionell und zielstrebig. „Mr. Warren, auch ihnen vielen Dank, dass sie so zügig reagiert haben." „Aber Detective, wenn Victoria flüchtet, wie wollen sie ihr folgen?" In Alenias Stimme schwang Zweifel. „Durch die Peilsender sind unsere Kollegen immer auf aktuellem Stand, wo sich Victoria und ihr Wagen befindet. Sobald sie die Straße zur Ranch befährt, werden Streifenwagen die Zufahrt blockieren und sich ein weiterer Wagen bereithalten, der gegebenenfalls die Verfolgung aufnimmt." Alenia nickte. Die Erklärung des Detectives klang logisch und durchdacht. „Wenn sie uns, bitte, entschuldigen, wir nehmen unsere Positionen ein, so dass Victoria keinen Verdacht schöpft." „Aber, wie sollen wir uns verhalten?" „Es ist früher Abend. Setzen sie sich auf die Veranda, versuchen sie ´normal` zu wirken." „Sie denken wirklich, dass sie hierher auf dem Weg ist?" Sanders nickte. „Der Krug geht so lange zum Brunnen, bis er bricht! Sie hat ihnen ein Ultimatum gestellt, welches sie aber früher einfordern wird, da sie sich bedroht fühlt. Sie weiß, dass wir ihr auf den Fersen sind. Der Helikopter hat sie aufgescheucht."

*** ***

Die Anspannung war omnipräsent und das anstrengende Schweigen verstärkte diese vernichtende Stimmung noch zusätzlich. Alexander sprang plötzlich von seinem Stuhl auf und ging zur Brüstung der Veranda. Seine überhastete Bewegung ließ Alenia und Molly zusammenzucken.

An Alexanders Armen sah man die Sehnen hervortreten, als sich seine Hände um das weiße, von der Sonne ausgezehrte, Holz der Balustrade krampften. Die Verspannung und das Ziehen der Schultermuskulatur hatten sich die letzten Tage an den Rand der Unerträglichkeit verschlimmert. Er fand seit Neas Entführung keinen erholsamen Schlaf mehr. Das letzte Mal, dass er mit solch seelischen Schmerzen kämpfte, war die Zeit, als er seine Eltern verlor. Es hatte gedauert, bis er die Gefühle damals verstand und auch jetzt war es mehr als schwierig, die Emotionen zu kontrollieren. Die Wut, die ihn unberechenbar machte. Die Traurigkeit, die ihn zerfraß. Die Hilflosigkeit, die ihn in den Wahnsinn trieb. Und dieses eine unfassbare Gefühl, dass er zuerst nicht wahrhaben wollte, welches ihn aber ausnahmslos einnahm – Liebe! Die Sorge um Nea und das Baby. Alex Blick richtete sich starr in die Ferne, als er eine warme Hand auf der seinen spürte. Es war Molly, die besorgt neben ihm stand und ihm mit der kleinen Geste Trost spenden wollte und gleichzeitig auch bei ihm Halt suchte. „Ich habe furchtbare Angst, Molly." Sein sorgenvoller Blick trieb Molly Tränen in die Augen und sie legte ihren Kopf an seine Schulter. „Wir alle, Alex! Wir müssen vertrauen, dass es ein gutes Ende nimmt. Glaub an Nea, sie ist eine Kämpferin!" „Molly, ich muss dir etwas sagen." „Musst du nicht, Alexander." Sie lächelte ihn liebevoll an. Sie kannte ihn besser, als jeder andere und sie wusste um sein kleines Geheimnis, dass er für Nea mehr empfand, als er zugab. Hastig wischte sich Alex mit dem Ärmel über die Augen. „Molly, du weißt aber nicht alles. Nea ist schwanger – und ich bin der Vater!" Es war Freude, die über Mollys Gesicht huschte und dann war da blanke Panik. „Oh, Gott! Weiß das Victoria?" Fragend hob Alexander die Schultern. „Oh, nein!" Molly fühlte ihre Knie nachgeben und suchte nach einem der Stühle. Schluchzend schlug sie die Hände vors Gesicht. Victoria hatte damals Anna Bruch gehasst und nun hatte sie eine der Töchter ihrer Erzfeindin in ihrer Gewalt. Die ganze Geschichte, rund um ein Beziehungsdrama auf der Covet Ranch, begann sich zu wiederholen. In Mollys Augen war Victoria schon immer eine hinterhältige Schlange gewesen. Doch mit den Entwicklungen der letzten Wochen wurde klar, dass Philipps Frau, das Böse personifizierte. Sie schreckte vor keiner, noch so abscheulichen Tat zurück. Dieses herzlose, kalte Wesen war auf dem Weg zur Ranch!

*** ***

Es war Cookie, der Victorias Nähe witterte, als der Wagen noch nicht einmal in Sichtweite war. Das markerschütternde Bellen hallte durch den frühen Abend und alle horchten entsetzt auf.

Victoria parkte den Wagen an der Stelle, wo er die letzten Wochen so häufig gestanden hatte. Alexander war mit zwei großen Schritten an den Stufen der Veranda, als er sich an Detective Sanders Worte erinnerte, sie sollten Ruhe bewahren und Victoria nicht provozieren. Er zwang sich zur Beherrschung und verfolgte, wie sich die Wagentüre öffnete und Victoria Covet langsam aus dem Auto glitt. Ihre Bewegung war geschmeidig und elegant, doch ihr Aussehen war das gravierende Gegenteil. Kleidung und Haare waren gleichermaßen schmutzig. Ihre Haut war fleckig und Pickel und Rötungen überzogen den ehemals makellosen Teint. „Hi, Leute, ich dachte, ich schau mal vorbei.", ihr Lachen war künstlich. „Wo ist Nea!", schrie Alenia, die sich an Alexander vorbeidrückte. „Was ist denn das für eine unfreundliche Begrüßung?", gespielt entrüstet, schüttelte die rothaarige Frau den Kopf. „Ich habe dich gefragt, wo N-E-A ist?" Alenia näherte sich erbost Victoria. „Halt! Einen Schritt weiter und es wird dir leid tun!" Sie richtete den Lauf der kleinen, silbernen Waffe auf Alenia. Diese erstarrte in ihrer Bewegung. „Wie ich sehe, seid ihr alle hier versammelt. Dann habt ihr sicher auch die Inhaberdokumente fertig. Oder, Mr. Hawkins?" Matty trat an die Balustrade. „Ja, Mrs.

Covet. Die Dokumente sind im Haus. Ich hole sie." Mathew verlangte sich ein souveränes Auftreten ab, um für Alenia und die anderen stark zu sein. „Kann jemand den Köter ruhig stellen? Oder, muss ich das tun?" Cookies Bellen war in den Hintergrund getreten, zu sehr waren sie auf Victoria fixiert. Das Tier zog wild an der Leine, mit der es an einem der Terrassenpfeiler festgebunden war. Molly kniete sich zu Cookie, hielt ihn am Halsband fest und versuchte, ihn zu beruhigen. Mathew trat mit den vorbereiteten Dokumenten aus dem Haus. Langsam näherte er sich Victoria. „Mrs. Covet, hier ihre Besitzurkunde. Wir möchten dafür Nea zurück!" Ein, zwei Schritte, dann riss Victoria dem Notar das Kuvert aus der Hand, zog die Papiere heraus, überflog diese und ein fieses, böses Grinsen erschien auf ihrem Gesicht. Alexander fühlte das Blut in seinen Adern gefrieren. „Wo ist Nea?", schrie Alenia am Ende ihrer Kräfte. „Du hast doch jetzt alles, was du wolltest. Wo ist meine Schwester?" Victoria verdrehte die Augen. „Ts, ts, ts, so ungeduldig!" Bedacht und mit auf Alenia gerichteter Waffe schritt sie zum SUV, öffnete den Kofferraum und zerrte Nea an den Haaren hinter sich her. Hände und Füße der jungen Frau waren gefesselt. Es war ein verstörender Anblick. „NEAAAAAAAA!" „Nein! Halt! Ein Schritt und es knallt!" Entsetzt schlug sich Molly die Hände vor den Mund, Mathew zog Alenia schützend in seine Arme und Alexander ballte seine Hände zu Fäusten. Zorn und Verdruss wallten heiß und energisch in ihm auf. Da hob Nea müde ihren Kopf und nun sah man die blauen Flecken, Striemen und Platzwunden in ihrem geschundenen Gesicht. „Oh, habt ihr Mitleid? Wie süß!

Wusstest du, dass die Bitch von dir schwanger ist, Alex?" Nea erschrak und riesige, entsetzte Augen richteten sich auf Alexander. Sein Blick war aber voller Zuversicht und seine Antwort ruhig und überzeugend. „Natürlich, wusste ich es." „Und ihr dachtet, ihr könnt mich damit abschütteln? Mich loswerden, wie ein Ungeziefer? Es ist meine Ranch, mein Leben, das ihr hier lebt! Ich habe euch gewarnt, dass ich mir zurückholen werde, was mir gehört. Ich habe euch gesagt, dass ihr den gleichen Schmerz empfinden werdet, den ich empfinde!" Victoria zerrte Nea weiter Richtung Haus. Doch Nea stolperte und stürzte auf den steinigen Untergrund. Alex war in wenigen Schritten bei ihr, als ein Schuss ohrenbetäubend knallte. „Ich habe gesagt, ihr sollt euch nicht bewegen!", brüllte Victoria in einer abscheulichen Tonlage, mit in die Luft gehaltener Waffe. „Victoria, du brauchst Hilfe. Lass Nea gehen und wir finden eine Lösung.", sprach Alexander mit Engelszungen. „Wenn Hilfe bedeutet, dass ihr mich wieder in die Psycho-Klinik stecken wollt, dann könnt ihr euch das schenken. Ich bin nicht bescheuert!" Victoria Covet war so von ihrer Wut und ihren Rachegedanken eingenommen, dass sie nicht bemerkte, wie sich zwei Polizisten langsam hinter ihrem Rücken anschlichen. Alexander lenkte sie weiter ab. „Das sagt niemand. Du hast die letzten Wochen viel ertragen müssen und brauchst Unterstützung. Keiner möchte dir etwas Schlechtes!" Sie ließ Alexanders Worte auf sich wirken, legte den Kopf schräg und kniff die Augen zusammen. Die Stille war grausam und eisig! „Du denkst wirklich, du kannst mich mit deinem Gelaber einlullen, oder? Fick dich, Alexander Christopher Warren!" Sie hob die Waffe, richtete sie auf Nea und alle warteten auf den furchtbaren Moment - den Schuss! Doch plötzlich erfolgte ein wildes Durcheinander, als Victoria Covet von einem dunklen Schatten angesprungen wurde. Sie verlor das Gleichgewicht und kam zu Fall. Cookie hatte sich von der Leine losgerissen und stand Zähne fletschend über der verhassten Frau. Sekunden später griffen die Polizisten in das Geschehen ein und überwältigten Victoria. Sanders hatte Mühe, den schwarzen Schäferhund beiseite zu ziehen, der erst Molly gehorchte. Victorias Geschrei ging durch Mark und Bein, sie trat, fluchte und wehrte sich nach Leibeskräften. Ihre Waffe hatte sie beim Sturz verloren und der Detective kickte die Pistole, mit einem kräftigen Tritt, weit außer Reichweite der Psychopathin. Alenia kniete neben ihrer Schwester. „Nea, hörst du mich? Nea, es ist vorbei. Du bist in Sicherheit. Nea!" Tränen tropften von ihrem verzweifelten Gesicht auf ihre reglose Schwester. Cookie stupste Nea mit seiner Schnauze an und winselte. Alexander untersuchte Neas Vitalfunktionen und gab Matty Anweisung, einen Krankenwagen zu rufen. Kurz öffnete Nea ihre Augenlider und sah in die besorgten Gesichter. Die Bewegungen und das Geschehen waren hinter einer dicken Nebelwand. Sie hörte ihr eigenes Atmen, ihren Herzschlag und die Schmerzen, die stechend, scharf und bissig auf der Haut und durch ihren Körper flossen. Die Stimmen, die nach ihr riefen und baten, wach zu bleiben, waren dumpf und wirkten, wie in Watte gepackt. Sirenen, noch mehr

Stimmen, Schmerzen, grelles Licht, gedämpfte Stimmen, Dunkelheit ...!

*** ***

Sie öffnete die Augen und fühlte sich besser. Nea wusste nicht, wo sie war. Erwachte sie aus einem schrecklichen Albtraum? Doch, als sie in das Hier zurückfand, umgab sie der weiße, sterile Raum eines Krankenhauses. Alenia lag mit dem Kopf auf ihrem Bett und schlief verkrümmt im Sitzen. Vorsichtig drehte sich Nea und ihr Blick traf auf graublaue Augen, die sie besorgt und glücklich zugleich ansahen. „Hi.", presste sie hervor. „Willkommen zurück!" Alenia rührte sich und als sie sah, dass ihre Schwester bei Bewusstsein war, fiel sie ihr um den Hals. „Nea! Oh, ich bin so froh!" Diese lächelte schwach und sog den Duft von Alenias Haaren ein, das sich weich an ihr Gesicht schmiegte. „Ich hole Mathew und Molly!" Alexander und Nea sahen Alenia nach, die aufgeregt aus dem Zimmer eilte.

Vorsichtig setzte sich Alex an ihr Bett. Es war das erste Mal, dass sie ihn in seinem Arztkittel sah. Ihr gefiel der Anblick, der zu seinem souveränen Auftreten passte. „Hast du Schmerzen?" „Erträglich. Wie lange war ich weg?" „Drei Tage!" Ihre blauen Augen sahen Alexander fragend an. „Mein Baby?" „Dem Baby geht es gut. Alle Werte normal. Dein Körper hat gekämpft." Sie lächelte erleichtert. Die Frage nach ʼihrem Babyʹ versetzte Alexander einen Stich, doch ließ er sich nichts anmerken. Sie sollte sich erholen, bevor er das Thema anschnitt. „Und Victoria?" „Verhaftet und in der inneren Abteilung der Psychiatrie untergebracht, wo ihr hoffentlich geholfen wird." Nea nickte und sah aus dem

Fenster. Alex rang mit sich, ob er ihr seine Gefühle gestehen sollte, die Türe wurde jedoch geöffnet und Alenia kehrte mit Mathew und Molly zurück. Alex stand auf und steckte seine Hände in die Taschen des Kittels. „Nicht zu lange, Alenia. Sie braucht Ruhe!" „Alles klar, Doc!"

Kurz bevor er aus dem Zimmer trat, blickte er zurück und sah die fröhlichen Gesichter von Molly und Alenia, Mathew, der erleichtert und entspannt auf einem der Besucherstühle Platz nahm. Da wandte Nea ihren Kopf zu Alex und schenkte ihm ein Lächeln, das sein Inneres, wie ein Sonnenstrahl erwärmte.

*** ***

Die Zeit verging, Neas Genesung schritt voran, aber Alexander fand nicht den passenden Moment, um seine Gefühle zu gestehen. Sie sprachen oft über die schrecklichen Geschehnisse. Nea schilderte ihre Empfindungen und Gedanken während der Entführung. Es würde dauern, bis sie dies verarbeitet hatte. Sie versprach, in Deutschland psychologische Unterstützung in Anspruch zu nehmen. Deutschland! Alex hasste die Vorstellung, dass Nea wieder weit entfernt war. Er konnte es aber nicht verhindern! Wenigstens lag mit dem Aufbau des Therapiezentrums eine spannende, fordernde und positive Herausforderung vor ihm, in die er sich stürzte.

*** ***

So war es kurz vor Weihnachten, als die Covet Ranch ihrer neuen Bestimmung zugeführt wurde. Die Reithalle war in tagelanger Arbeit geschmückt und festlich herausgeputzt worden. Die Menschen standen vergnügt in Gruppen zusammen, oder glitten über die Tanzfläche, zu den beschwingten Klängen der Band. Dazu gehörten auch Molly und Rick Sanders, der sich in den vergangenen Wochen zu einem oft und gern gesehenen Gast der Ranch entwickelt hatte. Die Monate bis zur Eröffnung waren harte Arbeit und strapaziös, aber nach den schrecklichen Geschehnissen davor, ein positiver und erfüllender Stress. Alenia war seit Beginn, des Aufbaus des Zentrums, ein festes Mitglied des Therapeuten Teams. Mit ihrem Abschluss als Musikpädagogin, war sie prädestiniert, hier zu arbeiten. Für Alenia und Mathew war klar, dass sie eine gemeinsame Zukunft wollten. Sie waren glücklich. Das sah man in jeder kleinen Geste, jeder Berührung und jedem Lächeln.

*** ***

Vor wenigen Tagen war Nea aus Deutschland angereist und freute sich auf die Zeit mit Alenia und den anderen. Es war unglaublich beeindruckend, was in den wenigen Wochen auf der Ranch passiert und entstanden war. Darum war es absolut legitim, dass diese Feier heute stattfand!
Nea stand nun vor dem Ankleidespiegel und blickte auf ihren runden Babybauch. Sie wusste, dass dies der letzte Besuch vor dem Geburtstermin war. Wenn Nea an die Zukunft dachte, hatte sie zwiegespaltene Gefühle, an die sie heute aber einfach nicht denken wollte.

Langsam schritt Nea über den Hof und betrat unsicher die Reithalle. Ein Stimmengewirr, Musik und Gelächter drangen an ihre Ohren und sie sah sich suchend nach Alenia um. Ihre Schwester lehnte zusammen mit Mathew an der provisorischen Bar. Ein Mann, mit einem dunklen Cowboyhut, gesellte sich zu den beiden. Er war attraktiv und Nea musterte ihn. Die schwarze Jeans, die seine langen Beine hervorhob. Das weiße Hemd, das seinen muskulösen Oberkörper betonte. Was für ein gutaussehender Mann! Entgeistert erkannte Nea, dass es Alexander war, den sie aus der Ferne anschmachtete. Sie atmete tief durch und näherte sich dem Dreiergespann, mit wild flatternden Schmetterlingen im Bauch.
Alexanders Blick schweifte immer und immer wieder zum Eingang. Er konnte seine Freude nicht verstecken, als er Nea nun inmitten der Gäste entdeckte. Ihre blonden Haare

fielen in weichen Wellen über ihre Schultern. Sie sah erholt aus und die Schwangerschaft verschaffte ihr das berühmte, innere Strahlen. Das blaue Jeanskleid hatte die gleiche Farbe wie ihre Augen. Sie war bildschön und hatte eine unglaublich sinnliche Ausstrahlung. „Hi, Leute." Fröhlich hakte sie sich bei Alenia unter. „Ganz schön was los hier." „Hast du Molly und Sanders gesehen?", zwinkerte Alenia. Nea suchte die Tanzfläche ab und sah den tanzenden Paaren zu. Angespannt stellte Alex seine Bierflasche auf der Bar ab und schob sich neben Nea. „Möchtest du auch tanzen?" Neas Kopfhaut begann zu prickeln.

Sie schritten auf die Tanzfläche und in diesem Moment wechselte die Musik von einem schnellen zu einem langsamen Stück. „Schwangerschafts-Tempo!", scherzte Nea. „Sollen wir auf ein anderes Lied warten?" Sie schüttelte den Kopf und legte ihre Hand in die seine. Während sie sich zur Musik bewegten, verebbte die Aufregung. Irgendwie fühlte sich ihre Nähe selbstverständlich an. Alexander beugte sich zu ihr. „Du siehst bezaubernd aus!" „Danke!", verlegen senkte sie ihren Blick, doch ein warmes Gefühl ergoss sich und ergriff von ihr ungestüm Besitz. Sie fühlte Alexanders Körper, seinen Atem an ihrer Schläfe. Er hatte sie nie auf die Schwangerschaft angesprochen. Er war die letzten Wochen immer für sie da, hatte ihr zugehört. Sie lachten miteinander. Er schenkte ihr Trost und das Gefühl von Schutz und Stärke. Ihr Herz begann energisch zu klopfen. „Du darfst nicht gehen, Nea." „Was?" Was sollte diese Aussage jetzt bedeuten? „Du kannst nicht zurück nach Deutschland." Verwirrt sah sie Alex an. „Wie meinst du das?" Er grinste verlegen. „So, wie ich es gesagt habe."

Sie tanzten nicht mehr. Sie standen zwischen all den anderen Menschen, die sich um sie herum bewegten. „Aber, warum Alexander?" Die Menschen begannen zu tuscheln, Molly sah verwirrt und mit besorgtem Gesicht zu ihnen. „Alex, warum *kann* ich nicht zurück nach Deutschland? Was willst du mir damit sagen?" Er strich sich nervös durch seine dunklen Haare, suchte verzweifelt die passenden Worte.

Nea stemmte die Hände in die Hüfte und nahm all ihren Mut zusammen. „Ich würde gerne hierbleiben. Ich liebe alles hier!" Sie sog scharf die Luft ein und ihre Gefühle platzten aus ihr heraus: „Auch dich, du widerlicher Kotzbrocken!" Neas Wangen brannten vor Scham und Verlegenheit. Sie rannte aus der Halle. Nea konnte nicht fassen, was sie soeben offenbart hatte. Sie wusste es schon lange, doch erst heute Abend traute sie sich, das einzugestehen. „Nea! Warte!" Sie hörte seine Schritte, die schwarzen Boots auf dem Kieselweg vor der Reithalle. Alex holte sie ein und griff nach ihrer Hand und stoppte sie. „Nea...", er atmete schwer, rang nach Luft. „Was! Alex?", fauchte sie ihn an. „Du möchtest, dass ich ehrlich zu dir bin?" „Ja!" Sie hielt seinem Blick stand. Mehr noch, ihre blauen Augen durbohrten ihn herausfordernd. „Ich – ich will nicht, dass du jemals wieder gehst, Nea. Ich kann mir nicht vorstellen, wie das Leben ohne dich war. Ich wache mit dem Gedanken an dich auf und mein letzter Gedanke gilt dir. *Das* ist die Wahrheit! Und wenn ich dich jetzt küsse, Nea Katalina Bruch, hoffe ich, dass du endlich verstehst, wie sehr ich dich und *unser* Baby liebe!"

Die letzten Strahlen der Sonne, die imposant und glutrot hinter den Camelback Mountains versanken, waren die einzigen Zeugen dieses zukunftsweisenden, perfekten Augenblicks.

ENDE